# Stupeur

Directrice éditoriale : Sandrine Harbonnier
Illustration et graphisme de couverture : Noëmie Chevalier
Maquette et conception graphique : Claire Placide et Astrid Leghié
Illustrations intérieures : © Jean-Marc Superville Sovak
sauf : © Louis Diallo, p. 38, p. 40, p. 226 et p. 249.
Traduction française : Hermine Hémon
Correction : Chloé Cosnefroy

Conforme à la loi n° 49-956 du 16 juillet 1949 sur les publications destinées à la jeunesse



Lucca Éditions
109, rue d'Arras, 59000 Lille (France)
en codiffusion avec Hikari Éditions
14, rue de Puebla, 59800 Lille (France)
www.luccaeditions.com


ISBN (Hikari Éditions) : 978-2-36774-163-5
ISBN (Lucca Éditions) : 978-2-9563879-2-5
Dépôt légal : janvier 2021

Certifié PEFC
Ce produit est issu de forêts gérées durablement et de sources contrôlées.
PEFC™ 10-31-1510
pefc-france.org

Imprimé par Corlet
14110 Condé-en-Normandie
N° d'impression : 2012.0468

# Stupeur

Julie Chibbaro

Traduction d'Hermine Hémon
Illustrations de Jean-Marc Superville Sovak

lucca
éditions

*Pour Samsa et Audrey*
*Julie Chibbaro*

Temporal externe
Gastrique
Occipital
Veine
Plexus
Sterno-thyroïdien
Glande thyroïde
Muscle stylo-hyoïdien
Brachial
Omoplate
Clavicule
Muscle sterno-mastoïdien

## *7 septembre 1906*

*Je sais* qu'un jour je ne serai plus sur cette terre. Un monde sans mon moi physique, à quoi cela pourra-t-il bien ressembler ? Je me coulerai dans le sol, je deviendrai une plante, un arbre, je perdrai mes feuilles, qui jauniront et seront écrasées sous les pieds d'un enfant, jusqu'à ce que je devienne poussière. Je ne serai plus rien, j'aurai disparu.

À chaque mois de septembre me reviennent ces frissons, me reviennent à l'esprit la mort atroce de mon frère et les questions : pourquoi cette vie si jeune s'était-elle éteinte ? Pourquoi les gens doivent-ils mourir ?

J'écris ce journal pour essayer de fournir une explication, comme si chaque mot était une étape parmi tant d'autres. Ces mots mettent mon passé en lumière ; ils me projettent vers l'avant, vers l'avenir. Ils m'aident à ne pas oublier.

Sans l'écriture, le vide que je ressens serait encore plus grand.

Je suis aujourd'hui parsemée de zones d'ombre. J'ai l'impression d'être une observatrice secrète, distincte de tout ce qui m'entoure. Je regarde par la fenêtre au-dessus des devantures de ce bâtiment décrépit de Ludlow Street où je vis depuis le matin de ma naissance. J'observe Mrs. Zanberger devant l'étal aux légumes. Elle discute le prix des oignons avec miss Lara comme tous les dimanches. Derrière elle, Kat Radlikov traîne sa lourde jupe dans la boue, le ventre rond, son mari caché dans l'obscurité de leur chambre. Devant l'épicier, Ruth Schmidt, sous son ombrelle rapiécée, sourit à Izzy Moscowitz, qui travaille trop pour la remarquer. Je vois les sœurs Feldman, les voisines du dessus, en train de courir l'une après l'autre dans les flaques comme des garçons et qui profitent enfin d'une matinée en dehors de l'usine. Sous l'auvent du boucher, leur mère parle à d'autres mères du voisinage, le visage empreint d'une sombre inquiétude.

Je les connais, ces filles et ces femmes, j'ai vu leur famille s'agrandir, elles ont vu la mienne s'effacer. Quand je suis parmi elles, je les écoute échanger des recettes et des conseils de couture et, quand elles médisent les unes des autres, je souris, ne trouvant pas un seul mot à ajouter. Mes yeux se figent sur la tristesse de leur bouche ou sur leurs mains rouges et crevassées, puis soudain j'imagine leur vie : ce dont elles rêvent quand personne ne leur prête attention ou ce à quoi elles pourraient ressembler avec quelques enfants de moins. Les femmes parlent tout autour de moi, mais j'aurai toujours l'impression de les observer de l'autre côté d'une fenêtre, à une certaine distance.

Même à l'école, j'ai ce sentiment. Lorsque les cours commencèrent cette semaine, je gardai à l'esprit la naissance à laquelle j'avais assisté avec Marm la nuit précédente. Le travail de Sophie Gersh avait débuté vers minuit et sa mère vint tambouriner à notre porte, sa peur nous sortant du lit. Marm et moi accourûmes derrière la femme effrayée, couvrant les deux pâtés de maisons qui nous séparaient de l'appartement de sa fille à toute vitesse. Le mari de cette dernière se tenait à l'extérieur et se tordait les mains. Sophie était alitée et en souffrance, comme une pauvre enfant abandonnée. Je pris ma place habituelle à la tête du lit, où je tins la main de la future mère et épongeai la sueur autour de ses yeux larmoyants tout en lui assurant que la naissance se passerait bien, que tout irait comme nous l'avions prévu. Au pied du lit, Marm travaillait à ses miracles. Sophie avait perdu les eaux, elle était prête. À nous trois, nous encouragions son enfant à venir au monde. Sa naissance fut aisée, un vrai prodige, l'une de ces rares occasions où Marm et moi pouvons nettoyer l'enfant, le donner à sa mère et rejoindre nos lits, le cœur en joie. Nous fermâmes les yeux une heure avant de devoir affronter la journée suivante, qui serait ma première journée d'école.

Mes camarades s'embrassaient : nous ne nous voyons pas durant les mois d'été. Les filles avaient mûri, leur visage et leur corps s'étaient allongés ou élargis. Je souris à Josephine, qui était devenue démesurément plus grande, plus fine et plus belle, et à Fanny, dont le visage poupon avait enfin trouvé des pommettes. Je passai mes lèvres sur leurs joues. Je recherchai leur regard afin de lancer une conversation ; je voulais leur parler de la naissance ou de Benny, mais Josephine commença à évoquer son nouveau poste au comptoir des parfums chez *Macy's*. Elle décrivit les dames apprêtées qui achetaient les flacons les plus onéreux, les fins tissus qu'elles portaient, leurs bijoux et leurs chiens. Elle ne s'arrêta plus avant l'arrivée de Mrs. Browning, suivie par la corpulente miss Ruben, notre professeure pour l'année. Mon cœur battit à tout rompre lorsque je vis que c'était elle. Les yeux de miss Ruben parcoururent impérieusement la classe avant de s'arrêter sur moi. Elle déclara :

– Mesdemoiselles, je vois qu'il manque encore à certaines d'entre vous les charmes les plus rudimentaires. Nous devons rectifier cette situation immédiatement. Nous entamons aujourd'hui votre dernière année avant de vous libérer dans le monde. Nous n'avons plus de temps à perdre !

Je détournai mes yeux des siens et me concentrai sur la fumée que je voyais sortir en volutes de la cheminée du bâtiment voisin. Je ressentais une certaine amertume à l'idée de passer ma dernière année avec elle. Miss Ruben me déteste depuis la troisième année.

Lors du déjeuner, je m'assis dans la salle commune en grignotant mon *knish* à la pomme de terre. J'écoutais la conversation entre Jo et Fanny. J'avais l'impression d'être faite de caoutchouc et que leurs paroles rebondissaient tout autour de moi sans jamais m'affecter. J'essayai une nouvelle fois de leur parler du superbe garçon que j'avais vu naître le matin même, mais le bavardage exubérant de Josephine noya mes mots avant même que je pusse les former.

– Oh, Fanny, lança-t-elle, bon sang, j'ai failli oublier de te le dire : je t'ai trouvée absolument adorable au thé dansant ! Où as-tu déniché cette superbe robe ?

– Feinstein faisait une offre spéciale, expliqua Fanny. J'y ai rencontré Dora et elle m'a convaincue de l'acheter. Tu sais que son père l'a surprise à tenir la main de Mr. Goldwaite à l'arrière de sa voiture ? Il est bien trop vieux pour elle !

– Il devrait s'acoquiner avec une petite boule comme miss Ruben, pas avec une fille de l'âge de Dora ! affirma Josephine. As-tu vu à quoi ressemble notre professeure cette année ? Cette couleur pour les lèvres ne lui va tout simplement pas, tu ne trouves pas ? Et ne sait-elle pas que les vestes grises à larges galons sont démodées ?

– Et à la façon dont elle nous regarde, compléta Fanny, on dirait qu'elle est la reine d'Angleterre !

Les filles riaient, et moi je secouais la tête. Je voulais être ailleurs, avec quelqu'un d'autre. Je ressentais ce vide laissé par Anushka et cette drôle de colère : pourquoi m'avait-elle abandonnée ? Chaque matin, nous allions à l'école ensemble, nous parlions de tout et de rien. Elle me demandait ce dont je rêvais et ce à quoi je pensais. Plus personne ne le fait maintenant. J'aimerais qu'elle n'eût pas déménagé au printemps dernier. Dans ses lettres, elle parle d'une certaine Ida. Je ressens toujours une petite peur quand elle m'écrit à son propos. J'espère qu'Ida ne m'a pas remplacée. Anushka disait que parler à Ida était une expérience forte, comme marcher dans un lac et découvrir que le sol se dérobe sous vos pieds.

Oh, j'aimerais tellement avoir une conversation profonde avec une autre fille ! Je lui parlerais de papa et de Benny, de notre vie d'avant.

Ces derniers temps, je me faufile souvent dans le temple pour lire les avis sur le tableau communautaire *b'nai*, ceux qui ne sont pas en hébreu. Pour notre dernière année d'école, nous sommes autorisées à travailler l'après-midi, mais je ne me vois pas arranger des bouquets comme le fait Sara à la boutique de fleurs sophistiquée de McLean, ou user de mes charmes féminins comme Josephine pour appâter les clients à la parfumerie *Macy's*. Mrs. Browning dit que ce genre de travaux nous rapproche des classes de gens que nous aspirons à devenir un jour, mais je veux un emploi sérieux. Je ne veux pas faire ça que pour l'argent, même si Marm et moi en avons besoin, je veux travailler pour réfléchir. Je veux aller quelque part pour faire quelque chose d'important et rentrer à la maison le soir avec quelques billets en poche. Est-ce bête de vouloir un travail différent de celui pour lequel Mrs. Browning nous forme, de vouloir quelque chose de plus, quelque chose de plus grand que moi-même ?

En vérité, je veux un travail qui ait du sens.

## 9 septembre 1906

Une fille peut-elle trouver un travail dans lequel elle combat la mort ? Cela me fait tout drôle de l'écrire, mais c'est la question qui me vient toujours, même dans mes rêves. J'ai vu tellement de morts. Je trouve qu'il est mieux de ne pas en parler, de repousser ces images. Mais là, avec l'alchimie du papier et du stylo, il se produit quelque chose, et ces pensées terribles émergent. Ici, je peux admettre que je vois la maladie comme une mauvaise herbe invasive qui s'épanouit partout, dans les poubelles qui laissent échapper des nuages de cendre, dans les flaques qui suintent dans la rue, dans l'haleine alcoolisée des femmes qui s'attardent sur les trottoirs, dans les chats morts, dans les souris affamées qui grignotent les murs, dans les bandes de chiens errants que je vois lorsque je me promène dans le parc et qui souillent la ville.

Je vois la mort quand je passe devant un cheval bai.

Quelles sont ces entités qui nous affaiblissent et nous font mourir ? Comment se fait-il que la mort soit présente sur terre ? Comment s'introduit-elle dans le corps des gens et les rend-elle malades, les tue-t-elle ?

Si nous avions su comment combattre la mort, aurions-nous pu sauver Benny ?

Je pense toujours à mon grand frère à cette époque de l'année, à la rentrée des classes. Il avait presque l'âge que j'ai maintenant, un garçon du lycée. Nous rentrions du temple quand ce cheval bai avait surgi de nulle part et l'avait piétiné. Le cavalier descendait la rue en toute hâte et ne s'arrêta même pas. Il ne s'était jamais arrêté pour voir ce qu'il avait fait à Benny. Je sens encore l'air déplacé par le cheval, sa proximité contre mon visage alors qu'il courait. Nous discutions et aucun de nous ne l'avait vu venir. Marm était éplorée et papa avait saisi Benny et l'avait transporté jusqu'à la maison.

Je n'oublierai jamais la terreur qui se lisait sur le visage de Marm quand elle alla chercher le Dr Barnes, et les cris de Benny lorsque le docteur redressa les os de ses jambes et banda sa peau ensanglantée. Dans les semaines qui suivirent, les lésions devinrent vertes et se propagèrent le long des jambes martyrisées de mon frère. Comme les visites du Dr Barnes s'avéraient inutiles ! Avec sa « cure sanguine », sa « décoction apaisante » et son « élixir à l'argent ». Il ne pouvait pas guérir ces lésions.

L'état de Benny empira et papa resta à son chevet, sans jamais le quitter. Il demeurait auprès de lui toute la journée à le nourrir et à le nettoyer. Il changeait ses bandages, relâchant ainsi dans l'air l'odeur amère et infecte des blessures du pauvre Benny. Chaque nuit dans cette même pièce, je dormais aux côtés de mon frère. Je posais ma tête contre son dos et écoutais le moindre de ses soupirs jusqu'à cette nuit finale, où les soupirs cessèrent.

Je penserai toujours que nous aurions pu l'aider, si seulement nous avions su comment.

## 11 septembre 1906

Je passe mes nuits libres à aider Marm à donner la vie, à regarder de jeunes mères lutter, et j'ai l'impression que je n'aide pas réellement, que je ne sais pas comment soulager la douleur que ressentent ces femmes. Le travail de Radlikov la nuit dernière fut particulièrement éprouvant pour la pauvre Kat, qui poussa et gémit depuis cet espace particulier d'isolation où toutes les femmes qui accouchent semblent se reclure. J'étendis des linges chauds sur son front, la massai des épaules aux hanches et lui serrai les mains comme si je pouvais en expulser l'enfant. Marm la positionna correctement et lui raconta des histoires d'accouchements heureux. Des heures durant, elle cria, se reposa et cria encore, jusqu'à ce qu'enfin un garçon vînt au monde. Mais le placenta ne suivit pas ; au contraire, les contractions continuèrent. Marm fit bouillir de l'eau et nettoya ses outils. Je fis de mon mieux pour rassurer Kat en pressant des serviettes chaudes contre ses reins.

Marm ausculta le ventre de la femme ; elle aida Kat à pousser davantage. Une seconde petite surprise sortit ! Nous nous exclamâmes toutes lorsque nous réalisâmes qu'à l'intérieur de la pauvre Kat se trouvaient deux tout petits garçons qui n'étaient ni l'un ni l'autre plus grands que ma chaussure ! C'était ma première naissance de jumeaux : je n'avais jamais imaginé ce à quoi cela pouvait ressembler, une femme donnant vie à deux créatures distinctes de la même façon que les animaux mettent bas à deux, trois ou quatre petits. Nous rîmes et pleurâmes avec Kat, nous nettoyâmes les nouveau-nés pour son mari et elle, puis nous rentrâmes chez nous.

Je passai ma journée d'école suivante à somnoler.

J'ai l'impression, lorsque je tiens une femme en travail des heures durant, que j'essaie d'absorber sa douleur avec mon corps, que j'essaie d'endosser sa peine au travers de mes mains et de mon esprit afin que cela ne la fasse pas trop souffrir, afin qu'elle ne crie et ne pleure pas trop, afin qu'elle ne pense qu'au bébé qui arrive. Ensuite, si tout s'est bien passé, je me sens vide, éreintée jusque dans mes os.

## *12 septembre 1906*

Le chèque de l'armée est arrivé ; il apparaît toujours quand nous nous apprêtons à plonger la main dans le pot où nous gardons notre dernier pécule pour les périodes difficiles. Même si cela fait des années que nous recevons le chèque tous les mois, il réveille en nous, surtout en Marm, des sentiments dont elle ne peut pas parler, et elle m'envoie l'encaisser chez l'épicier le plus vite possible. Je glisse le talon avec les autres dans le superbe livre que papa m'a offert peu avant son départ pour la guerre. Ce livre est mon bien le plus précieux. J'espère un jour pouvoir comprendre ne serait-ce que quelques-uns des sujets mystérieux qu'il aborde :

> *Year Book of Facts in Science and Arts** de 1897, abordant les avancées les plus importantes en mécanique, en philosophie naturelle et utile, en chimie, en astronomie, en zoologie, en botanique, en minéralogie, en météorologie et en géologie, ainsi que la nécrologie d'hommes de science éminents.

L'encre brune de l'inscription s'est effacée, c'est la seule trace écrite de mon père qui m'appartienne :

* NdT : *Livre annuel de faits scientifiques et artistiques.*

*Ma petite Prudence incarnée,*
*Que ce livre te rende le monde*
*un peu plus transparent.*
*Ton papa, 1898*

J'étudie son élégante calligraphie et me demande où il l'a apprise : il était machiniste dans l'usine de roulements Nolan et, avant cela, il vendait des journaux dans la rue. Il faut que je lui demande d'où lui vient son intérêt pour les sciences quand il reviendra. Je ne sais pas d'où il peut tirer cela, et Marm refuse d'en parler, même si elle m'a donné mon premier bloc-notes et m'a poussée à m'essayer au dessin et à l'écriture, en copiant le livre de papa.

Je me souviens d'avoir observé l'horloge, de la vision de ce moment où nous passâmes de 1899 à 1900, l'excitation de l'instant, ce changement dans le temps. Toutes les cloches de la ville sonnèrent ; nos voisins frappèrent les murs et remplirent les rues de bruits et de cris pour accueillir ce nouveau siècle. Marm me donna le bloc-notes, qui est orné d'une couverture en soie rouge. Elle me dit :

– Prudence, tu dois commencer à prendre des notes. Tu dois garder des traces d'événements comme celui-ci. Le temps s'écoule en continu, rien ne peut jamais l'arrêter, et tu dois te rappeler certaines choses.

Je savais qu'elle voulait que j'écrive pour papa. Et c'est ce que j'avais fait pendant des années. Je ne sais plus quand j'avais arrêté d'écrire pour lui et m'étais mise simplement à écrire.

Me souvenir. Je dois me souvenir de lui. Il a des cheveux bruns et frisés, et ses traits sont fins et anguleux dans un visage parfaitement ovale. Il est plus grand que Marm de quelques centimètres, mais il n'est pas aussi grand que Benny. C'est un homme sérieux, mais il rit toujours à gorge déployée. Ses mains sentent le métal et le poisson *gefilte*, qu'il cuisine parfois lui-même au hachoir. Il m'appelle « La Prudence incarnée ». Il m'avait expliqué qu'il m'appelait ainsi à cause du regard raisonnable que j'avais sur le visage à ma naissance.

Je me demande tous les jours où je pourrais lui envoyer une lettre. Porté disparu sur le terrain... comment envoyer une lettre à une personne qui a disparu ?

Il vaut mieux ne pas se poser ce genre de questions.

Marm me dit toujours que le père de mon père avait combattu durant la guerre de Sécession pour sa ville d'adoption dans les États du Nord. Il avait rasé sa longue barbe noire et était mort en héros, quelque part dans le Sud, en défendant une colline. Je ne sais pas s'il avait dit à qui que ce fût qu'il était un soldat juif ; j'imagine qu'il ne savait pas encore parler anglais. Marm n'a jamais été très patiente pour les questions de religion. Quand nous observions la *shiv'ah* pour la mort de Benny, elle n'avait jamais accepté les présents alimentaires de Mrs. Zanberger ou l'aide spirituelle du rabbin Samsfield. Papa voulait continuer les prières, j'imagine, mais elle avait demandé à nos voisins de partir et avait mis un terme à la *shiv'ah* deux jours plus tôt que prévu, ce qui avait engendré une dispute avec mon père. Il était parti pour la guerre d'Espagne peu de temps après et n'en était pas revenu.

J'entends encore des bribes de la dispute entre papa et Marm après la mort de Benny, des mots comme « parti » ou « Dieu » ou « va-t'en ». Même si je ne me souviens pas de phrases entières ou du sens, je me demande parfois si leur dispute est la cause de son départ.

Je pense que Marm ne pouvait plus supporter ses pensées quant à Benny, et mon père ne le comprenait pas. Chaque jour, jusqu'à mes huit ans, Benny et papa s'asseyaient dans la pièce où je me trouve actuellement. Les longues jambes et les longs bras de Benny occupaient l'espace à côté de la cuisinière. À la façon dont il se tenait, tout en angles, il était presque un homme. Je dormais près de lui sous la fenêtre, sa tête au niveau de mes pieds, qu'il chatouillait pour me réveiller avant de partir travailler à l'usine avec papa. Le soir, ils ramenaient du pain de seigle frais et du foie de poulet haché pour le dîner et le préparaient quand Marm était trop fatiguée pour cuisiner. Leurs rires emplissaient nos vies, et les voilà tous deux partis. Un silence s'était emparé de la maison comme de la moisissure. Chaque année, une nouvelle couche de matière blanche et épaisse vient nous recouvrir.

Marm et moi ne supportons pas de parler d'eux.

Elle avait écrit beaucoup de lettres au gouvernement, dans l'espoir d'avoir des nouvelles de mon père après la fin de la guerre. Leur avis de réponse affirmait que le soldat 3040, Gregory Galewski, était porté disparu au combat. Son corps n'avait pas été retrouvé, lui expliquait-on. Il reviendra un jour. Je garde dans mon cœur cet espoir. Je suis heureuse que le gouvernement ait décidé de nous envoyer le salaire de mon père après sa disparition. Il envoie aussi de l'argent à la famille de Mrs. Finkel. Nous avons tous besoin d'argent. Je dois trouver un travail, rapidement.

## 14 septembre 1906

Marm avait suggéré que je me présentasse aux agences d'emploi pour trouver du travail et aussi que je consultasse les panneaux et les journaux. J'avais envoyé une lettre à six annonces différentes parues dans l'*American* et à deux autres affichées sur le panneau, mais personne ne donna suite. J'ai le sentiment que cela n'a rien à voir avec mes compétences, car je sais taper plus vite que n'importe laquelle des filles de ma classe, et je n'avais dit à personne que j'étais juive. Je ne sais donc pas ce qui ne convient pas. Je sais que je ne devrais pas perdre espoir, mais je ne peux pas ignorer cette petite peur que rien ne changera jamais, que je serai à l'école pour filles de Mrs. Browning pour le restant de mes jours, à apprendre à dessiner des portraits et à compter en français et à peindre à l'aquarelle et à coudre une jupe comme il faut.

Cette nuit, alors que je me préparais à aller me coucher, je me dénouai les cheveux et je commençai à les peigner sans relâche. Je remarquai un long cheveu grisonnant au niveau de ma tempe, de la racine à la pointe. Résistant à l'envie de l'arracher de mon crâne, je l'étendis entre mes mains et l'examinai. Sa couleur est complètement à l'opposé du reste de ma chevelure, un fil blanc clair dans une forêt obscure. Sa texture est tellement différente, comme du fil niché dans de la soie. Comment se fait-il qu'une fille de seize ans ait des cheveux gris, et d'où provient ce changement de couleur abrupt ? Peut-être suis-je en train de devenir quelqu'un d'autre et vais-je me réveiller un matin avec une chevelure toute grise et un nouveau nom ? Je serai comme ce Dorian dans l'histoire d'Oscar Wilde. Seulement, il m'arrivera l'inverse ; je deviendrai vieille avant l'heure.

Que je regarde mes cheveux ou mes ongles, tout ce que je vois pousser sur mon corps, je me demande pourquoi les cellules prennent certaines formes. Marm a amené à la maison une édition spéciale du *Scientific American* dans laquelle un homme dénommé le Dr Golgi expliquait ses expériences avec les cellules et le système nerveux. Le magazine décrivait la cellule comme une unité structurelle de matière vivante, avec des parois et un petit noyau à l'intérieur. Je dois avouer que je n'arrive pas à me la représenter. Je ne parviens pas à imaginer une cellule comme un organisme vivant, et non plat, comme dans un dessin. À quoi cela ressemble-t-il exactement ? Comment ces cellules composent-elles un visage ou un corps, et non une autre forme ? L'idée même des cellules, que des centaines d'entre elles nous composent, m'intrigue. Si elles sont nombreuses et distinctes, comment tenons-nous d'un bloc ? Est-ce simplement la gravité ou y a-t-il une sorte de colle ?

Peut-être les os soudent-ils les cellules entre elles d'une façon ou d'une autre ? Mais l'article disait que même les os sont composés de cellules, ce qui me laisse dans la plus grande perplexité. L'article ne fournissait pas assez de réponses, et l'ignorance me fait craindre que je vais, d'un moment à l'autre, exploser en une infinité de points.

J'aimerais pouvoir acheter le *Scientific American* plus souvent ; voilà une autre raison de gagner de l'argent.

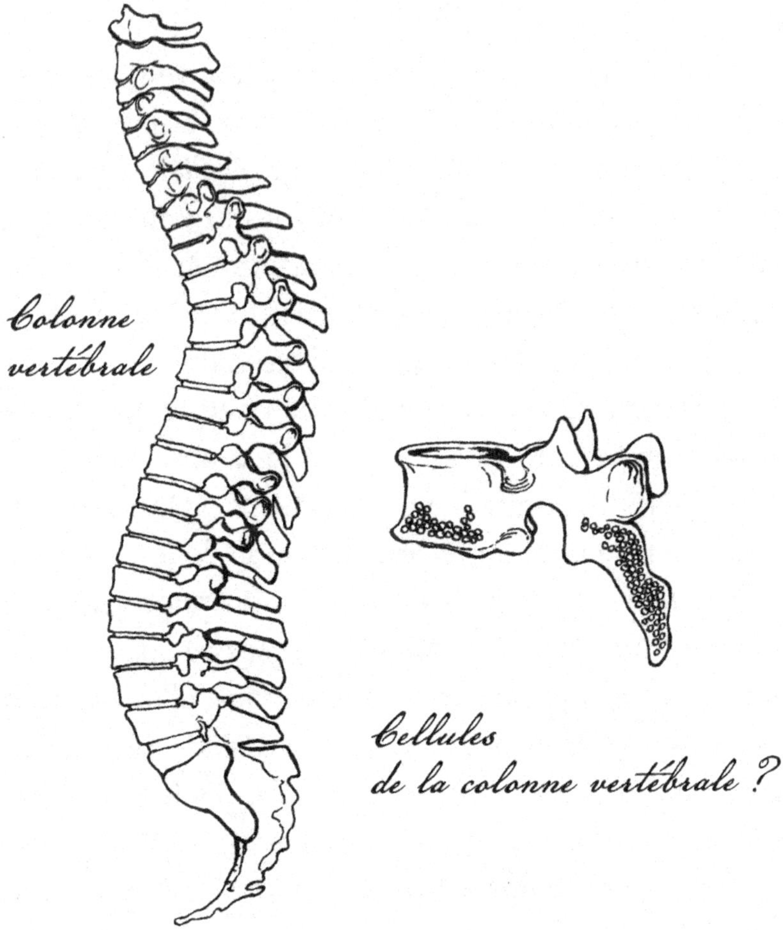

## *16 septembre 1906*

*La vieille* Mrs. Zanberger était tombée comme morte cette semaine. Sa masse avait rempli le petit espace du couloir. Toutes ces années de pain *'hallah*, de *latkes* de pomme de terre et de *rugelach*, tous les ragoûts qu'elle fait mijoter pour tous ses nouveaux pensionnaires, les pains et les tartes aux fruits qu'elle vend sont autant de couches qui se superposent, étirant sa peau. Il ne fallut pas moins de Mr. Zanberger, du dernier pensionnaire et de deux des garçons Moscowitz pour la soulever et la déposer dans la voiture de l'hôpital, dont elle ne ressortit pas. Marm lui prépara un panier de pommes et me demanda de le lui apporter. Elle fut admise au service de cardiologie avec une dizaine d'autres femmes. Six lits étaient disposés de chaque côté de la grande salle et le sien était tout au bout. Elle était redressée et essayait de broder. Je la regardai de plus près, les grands cercles gris de ses yeux gonflés, ses lèvres blanches et ses doigts enflés, la peau de son menton reposant sur son torse. J'avais l'effrayante impression de la voir périr cellule après cellule.

– Quand vas-tu te marier ?

Sa question interrompit mon examen. Je bredouillai une vague réponse :

– L'école me prend beaucoup de temps.

– Tu vas finir comme ta mère, incapable de rencontrer un gentil garçon juif parce qu'elle ne va pas au temple. Elle va passer le restant de ses jours seule si elle ne fait pas attention.

Je rappelai à Mrs. Zanberger que nous attendions le retour de mon père. Elle me lança un regard entendu avant d'ajouter :

– Le Nouvel An juif, Rosh ha-Shana, arrive. J'ai abordé la question des offices de Yamim Noraïm avec ta mère. Tu y seras ?

Je savais que Marm nous avait trouvé des excuses, comme toujours, mais Mrs. Zanberger n'acceptait pas les réponses négatives. Je haussai les épaules, puis hochai et secouai la tête. Ses petits yeux captèrent mon regard, puis elle continua :

– Les Juifs sont un peuple heureux. Viens aux offices, chante avec nous, ça te donnera le sourire. Tu es bien trop sérieuse, comme l'était ton papa.

« Il l'est toujours », voulus-je la corriger : « comme l'est ton papa. » Mais je ne le fis pas.

Je vois souvent les juifs sortir de la synagogue, leurs enfants chantant des chansons en hébreu et dansant dans les rues. Mais quand je les vois construire des *succhas* pour les fêtes, j'ai le sentiment que cette religion est comme un nom que l'on m'aurait attribué, un nom qui ne me convient pas.

Ou peut-être que je n'ai pas envie de célébrer quoi que ce soit.

– Tu travailles trop, reprit Mrs. Zanberger.

Elle ajouta que je ne devrais pas aider ma mère la nuit comme je le faisais. Que cela me mettait des poches noires sous les yeux, que ces poches me rendaient moche et que ça n'attirait pas les garçons.

« Moche » est l'insulte préférée de Mrs. Zanberger.

Je soulevai le menton et répondis :

– J'aide Marm parce que ça lui facilite un peu la tâche.

Elle fit non de la main :

– Ta mère est notre meilleure sage-femme. Mais pourquoi fais-tu ce travail ? Va à l'école.

– On attend des filles les plus âgées qu'elles travaillent : je cherche à être dactylographe l'après-midi, chez un médecin ou dans un hôpital, peut-être.

– Dactylo, eh bien, c'est un bon travail ça, dit-elle sur le ton de l'approbation. Je vais voir si je ne peux pas t'aider.

Je regardai dans ses petits yeux fatigués par l'âge et je ressentis toute sa force, je compris pourquoi tous les voisins honorent sa parole et cherchent parfois ses conseils. Malgré sa chute, Sa Majesté du cancan n'avait rien perdu de sa superbe. J'embrassai l'air autour de sa joue poudrée avant de partir.

Cela m'avait marquée, le fait qu'elle dise que les Juifs sont un peuple heureux. Une partie secrète de moi-même veut les rejoindre dans la rue, danser dans le temple et croire en une entité qui me dépasse, une entité qui a une raison de me retirer mes proches. J'aimerais m'adresser au rabbin Samsfield à la longue barbe et lui demander pourquoi mon frère est mort, pourquoi mon père est parti, pourquoi je ne peux parler à personne, pourquoi ?

Puis j'ai vu comme Mrs. Zanberger me rend faible ! Comme elle me fait remettre en cause les choses que Marm m'a apprises. L'indépendance, la dignité.

Marm ne parle pas beaucoup de ses parents, ils ont été chassés du Vieux Continent, comme ceux de papa, mais ils ont beaucoup travaillé pour laisser derrière eux leurs langues et leurs croyances, pour devenir Américains. C'est ainsi que Marm veut que je me voie, en Américaine, et rien d'autre. « Le travail nous apportera de bonnes choses, pas les prières ni les traditions », dit Marm.

Le travail. Si seulement je pouvais en trouver un.

## 19 septembre 1906

*Les chansons* répétitives de Mr. Zito avec son orgue de barbarie et celles de Mr. Victor le joueur de vielle à roue et le fracas des sabots des chevaux sur les pavés créent dans la rue un bruit trop important cette nuit, je n'arrive pas à trouver le sommeil. Je m'imagine dans une campagne calme, loin de la foule, dans une ferme en Virginie comme Anushka. Je me sens tellement oppressée ici quand je lis les lettres d'Anushka qui me dépeignent des hectares de terres et l'air frais. Courir les pieds nus dans les champs de pâquerettes et de carottes sauvages, sentir la tomate et l'aneth directement depuis la fenêtre de la cuisine ! Des années durant, son père avait eu l'idée de vivre près de la terre, de remplacer sa librairie par une ferme. C'est ce qu'il finit par faire, et

*Anethum graveolens L.*
*(aneth)*

toute la famille migra vers le sud. Je dois bien admirer son courage. Et à en juger par ses lettres, ce changement de vie avait rendu Anushka bien plus intrépide, même si elle l'avait toujours été plus que moi. Elle va aux fermes voisines à cheval, déplace du foin et travaille au champ avec ses frères. Elle fait des choses que des filles de cette ville n'oseraient jamais faire. Je ne suis pas si intrépide par nature ; la visite que je compte lui rendre durant les vacances d'hiver me rend nerveuse. Je pense pourtant au film que l'on a vu avec Marm ce soir sur Mr. Peary et ses hommes, sur la façon dont ils explorèrent l'Arctique, sur les années qu'il avait fallu pour y aller. Un voyage en Virginie ne semble alors pas si insurmontable.

C'était une soirée spéciale à l'*Automatic Vaudeville*. Nous prîmes deux *pennies* dans le pot après le dîner et y allâmes sur la recommandation de Mr. Moscowitz. Il nous avait dit qu'il y avait un bon film sur le bel explorateur qui était apparu dans tous les journaux avec ses histoires d'aventure. Nous n'allons pas souvent voir des films, mais Marm et moi voulions voir Mr. Peary.

La salle était remplie jusqu'au plafond de gamins qui grignotaient des cacahuètes dans des cônes en papier et qui couraient sur la scène pour pincer le pianiste. Lorsque l'explorateur à moustache apparut à l'écran, toutes les filles de l'audience applaudirent. Même si Mr. Peary ne rencontra pas le succès attendu dans son expédition polaire, nous pensions toutes que son essai lui valait bien le titre de héros. Même sa goélette, qu'il avait baptisée d'après le nom du président Roosevelt, apparaissait dans le film. Mr. Peary compte utiliser le même bateau pour ce qu'il espère être un retour couronné de succès au pôle Nord l'année prochaine.

Je peux presque sentir l'air arctique et le crissement de la neige sous mes chaussures, ce besoin de partir ailleurs. Je sens cet élan à l'intérieur de moi qui me porte vers quelque chose de surprenant. Si je pouvais seulement trouver le courage, l'audace de vivre une telle aventure, malgré ma situation de fille... Je repense à Anushka dans sa ferme et je me souviens du premier jour où je l'avais rencontrée : elle avait déjà ce petit côté sauvage. Elle l'avait toujours eu.

Je me rappelle, je me tenais seule dans l'un des coins de la salle de classe des premières années de Mrs. Browning, à regarder toutes les autres filles de six ans former des groupes pour jouer au jeu de la ficelle. Je me demandais d'où venaient toutes ces filles et à qui elles appartenaient. Je n'osais pas en approcher ne serait-ce qu'une. Anushka vint à mes côtés à grands pas et me fit un grand sourire, révélant l'étonnant trou laissé par une incisive manquante. Elle m'invita à jouer avec elle. Je touchai ma propre dent, je n'en avais pas encore perdu et je lui demandai si cela faisait mal d'en perdre une. Elle fit passer sa langue dans le trou ; cela lui donnait un air un peu étrange. J'eus un fou rire et elle aussi.

Je ressens cet espace vide aujourd'hui, juste à côté de moi, qu'elle devrait combler.

Il y a deux nuits de cela, pour la première fois, j'allai à la soirée annuelle de Saint-Xavier sans Anushka, je ne sais pas bien pourquoi. Espérais-je y rencontrer quelqu'un ? J'observai toutes les filles danser avec des garçons, Fanny avec Arthur Robertson, Josephine avec Willem Stryker, ils valsaient tous comme des adultes. Je restai assise, les mains posées sur mes genoux comme deux chiens endormis. Personne ne m'invita à danser. Je repensai à toutes les soirées annuelles auxquelles j'avais assisté jusqu'à présent : nous étions assises avec Anushka alors que tous les garçons formaient un grand cercle autour de nous, nous observaient comme des bêtes curieuses, mais en rien assez désirables pour les inviter à danser.

Cette année, je n'avais personne avec qui sourire.

Se faire une nouvelle amie, c'est comme ouvrir une serrure ; la clef doit correspondre parfaitement.

## 21 septembre 1906

Enfin une opportunité ! J'ai reçu l'avis d'un bureau qui s'intéresse à mes capacités de dactylographe et de preneuse de notes en général. L'homme a prévu un rendez-vous pour mardi prochain : cela me semble tellement loin. Oh, j'ai tellement voulu et espéré avoir cette chance, je l'ai tant imaginée : entrer dans un bureau ou un hôpital, parée de mon unique ensemble avec chemisier et jupe marron, mon chapeau noir, mes bottes lustrées à la perfection. J'espère ne pas tout gâcher avec un enthousiasme débordant ou être trop troublée pour taper correctement.

Quand j'avais dit à Marm que c'était un poste au gouvernement, au département de la Santé et de l'Hygiène, elle me fit signe de me taire d'un geste de la main et disparut dans sa chambre. Elle y garde des papiers privés, des photos et les affaires de mon père ; je n'ai pas le droit d'y entrer.

Après quelques instants, elle revint avec un vieux numéro d'un magazine *Scribner*.

– C'est sorti l'année où tu es née, m'expliqua-t-elle. Mais je pense que tu le trouveras intéressant.

Elle l'ouvrit à un article composé de croquis détaillés et de photographies de bâtiments et de leurs intérieurs : des enfants sales balayant des sols en bois, des personnes ivres dans des allées, des asiles de nuit remplis d'hommes dépenaillés, des garçons portant des pantalons attachés avec de la corde. J'avais déjà vu ces photos avant, à la librairie du père d'Anushka, dans un livre bien connu intitulé *How the Other Half Lives**.

– Jacob Riis, le journaliste, dis-je.

– C'était son premier vrai article, m'expliqua Marm. Regarde celui-ci de près.

Elle posa le doigt sur la page. Je me penchai et je remarquai que c'était notre immeuble ! Avant sa rénovation, avant la démolition des cahutes devant et avant l'installation des toilettes, de l'eau courante et de la ventilation.

– Il est venu dans notre vieil immeuble et a commencé à écrire ces rapports et à prendre des photos, ajouta Marm. Les rues de la ville étaient remplies de poulets et de cochons qui mangeaient les détritus que les gens jetaient par la fenêtre. Il n'y avait personne pour balayer à l'époque, personne ne prêtait attention à la vétusté de nos immeubles. Pas avant que Jacob Riis en parle.

Mon esprit s'emballa en voyant ces images sous un jour nouveau, je pensai au poste. Marm continua :

– Je pense qu'il n'y avait même pas de service de santé à l'époque.

Elle alla à la fenêtre, regarda au-dehors et dit :

– Les rues étaient terrifiantes, il y avait du fumier entassé à trois mètres de hauteur dans certains coins. Trois mètres. C'est encore plus haut que notre plafond.

Je me mis à côté d'elle et tournai les yeux vers l'extérieur.

---

* NdT : *Comment vit l'autre moitié ?*

– Les changements n'ont pas été faciles, reprit Marm. Des foyers ont dû être démolis, certaines personnes ont disparu, certaines ont même été arrêtées.

Je me demande si les choses sont si différentes maintenant. Malgré le froid de l'automne qui commence à s'installer, je peux encore sentir l'odeur des poubelles sous nos fenêtres ; de l'autre côté de la rue, notre poissonnier continue de jeter les entrailles sur les pavés ; nos voisins tombent encore malades en se transmettant les germes les uns aux autres ; nos femmes meurent toujours en accouchant.

Mais trois mètres de purin, nous ne souffrons plus de cela. Si la ville s'était tant métamorphosée depuis les années où Marm était une jeune fille, comment pourrais-je aider à la changer davantage ? Cela paraît comme une tâche insurmontable : suivre les milliers de personnes qui vivent dans la ville, s'assurer qu'elles disposent de rues propres, d'une bonne santé et de lieux corrects où vivre. Cela ressemble, en définitive, exactement au poste que je cherchais, un travail bien plus important que moi-même.

*Cheval mort sur Orchard St., jour 2*

## *25 septembre 1906*

*J'avais eu* mon entretien ce matin. J'étais très nerveuse et je ne sais pas vraiment comment cela s'était passé. La journée avait mal commencé, il bruinait et les rues humides mettaient en péril la propreté de mes bottes et du bas de ma jupe. Je dus traverser la moitié de la ville à pied pour retrouver la ligne de tramway qui me mènerait à la Quatorzième Rue. De l'arrêt, je me précipitai vers Union Square, à l'adresse du petit bâtiment en briques du service. À l'intérieur, les gens me poussaient en rentrant tandis que je me séchais le visage, tout en essayant de trouver confiance en moi. Je marchai d'un pas assuré dans le grand hall, même si je n'étais pas certaine de là où je devais aller. Inscrit sur la première porte sur la gauche, je vis le nom de celui qui allait me faire passer l'entretien d'embauche, Mr. George Soper, un ingénieur sanitaire. Je restai là, debout, quelques instants, essayant de trouver un peu de courage. De l'autre côté du hall, derrière des portes-fenêtres, je voyais des hommes s'affairer sans même me remarquer.

Je frappai à la porte et entrai dans la pièce. Il était assis derrière son bureau et ressemblait beaucoup à Mr. Robert Peary, jusqu'à la moustache, la raie de ses cheveux ou la ligne impeccablement droite de sa mâchoire.

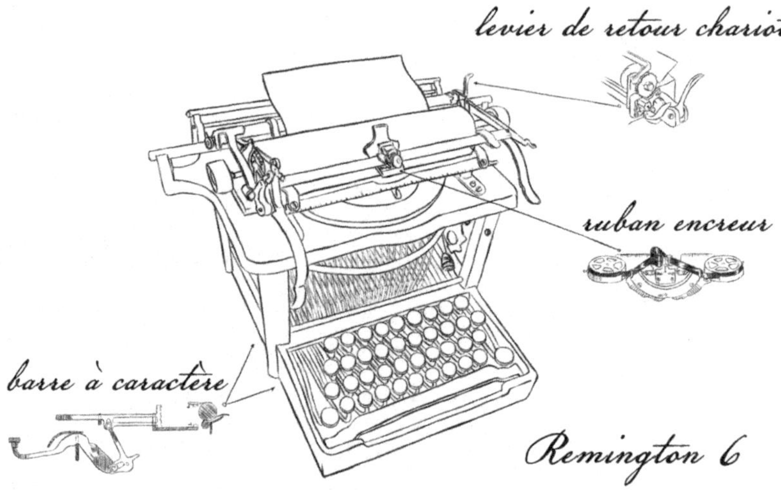


Il pointa le portemanteau du doigt; j'y accrochai ma cape et mon chapeau humides. Il pencha la tête et dit :

– Asseyez-vous, je vous prie.

Sur sa droite se trouvait un bureau; sur le dessus avait été installée une machine à écrire Remington toute neuve. Je m'y assis. La taille du bureau en bois massif me fit presque perdre la tête : je me demandais si j'avais les compétences pour occuper ce poste. J'avais l'impression que ma bouche était remplie de chiffons et que mon dos était trempé par des ondées glacées.

– Veuillez taper ces paragraphes, ajouta-t-il, en me tendant une feuille de papier.

Il sortit une montre de poche. Il hocha la tête et j'essayai de ravaler ma peur.

Mes vêtements me semblaient trop serrés et mes mains trop faibles alors que je tapais sur les touches flambant neuves. Une minute après que j'eus commencé, il m'arrêta. Il sortit la page de la machine, la regarda, la posa sur son bureau et s'assit.

Je fixais l'os proéminent de sa mâchoire, le muscle qui s'y déployait. Je regardais ses cheveux huilés et son nœud papillon parfait. Je me demandais dans quel genre de maison il habitait et à quoi ressemblait sa femme, s'il en avait une.

Sous ses sourcils, j'avais l'impression qu'il m'étudiait également. Il tapotait doucement le bureau avec l'un de ses doigts.

– La lettre que vous m'avez envoyée était un bel exemple d'écriture manuscrite, lança-t-il.

– Merci, monsieur.

– Ce travail exige d'avoir une belle plume, ajouta-t-il.

– Oui, monsieur.

Il s'éclaircit la voix et porta mon test à ses yeux. Je me torturais l'esprit pour trouver un moyen de lui poser des questions sur le travail et ce qu'il comportait : j'essayais de trouver des mots, mais ils me semblaient aussi inatteignables que des nuages.

– J'ai donc vos informations de contact : nom, adresse, etc., conclut-il.

Il se leva, comme s'il mettait un terme à l'entretien. Puis je trouvai ma question.

– Monsieur, est-ce que le département de la Santé et de l'Hygiène a été mis en place après que Jacob Riis a publié son livre *How the Other Half Lives* ?

Ses yeux semblèrent retrouver la vie après ma question, comme si je l'avais sorti d'une vieille routine.

– Il y a vingt ans, le département n'en était qu'à ses débuts. Nous n'avions pas un tel service sanitaire.

– J'ai toujours voulu... J'ai toujours voulu combattre la mort, lançai-je.

Je serrais les mains, n'osant pas essuyer la sueur qui perlait sur ma lèvre supérieure.

– Beaucoup de choses mènent à la mort, répliqua-t-il. Maladies, mauvaise santé, accidents, naissances.

– Ma mère est sage-femme, et je l'aide, je vois souvent ces femmes souffrir... et mon frère... je veux apprendre, monsieur. Je veux savoir ce qui rend les gens malades, savoir ce qui infecte les blessures, pourquoi les gens saignent, pourquoi ils meurent.

J'étais incapable de mettre un terme à cette terrible mise en avant de mes pensées morbides, mais l'homme hocha la tête, en m'observant d'un regard pensif.

– Je devrais peut-être vous montrer notre laboratoire, dit-il. C'est là que nous faisons toutes nos expériences et tous nos tests. Vous travailleriez souvent avec les scientifiques, vous devriez alors peut-être le voir. Suivez-moi, c'est juste au bout du couloir.

Je le suivis jusqu'à l'autre bout du hall et nous entrâmes dans le laboratoire, une pièce gigantesque, surprenante par sa taille et sa complexité : des dizaines d'outils, de tubes à essai et de microscopes, des objets que je voulais toucher et regarder. Je pouvais sentir les produits chimiques brûler dans les béchers. Un bon nombre de scientifiques étaient penchés au-dessus de tables, accaparés par leur travail.

Ils relevèrent toutefois la tête lorsque je passai devant eux avec Mr. Soper. Je l'écoutais, mais me sentais épiée. J'étais consciente de mon visage et de mes cheveux, je me sentais faible et déséquilibrée. Je ne pense pas avoir jamais été dans une salle avec autant de garçons.

Je me forçai à me concentrer sur les mots de Mr. Soper.

Il s'arrêta devant un microscope et tapota dessus. Il expliqua :

– Chaque chose vivante en ce bas monde est constituée de minuscules cellules qui sont invisibles à l'œil nu. Il n'est possible de les voir qu'à travers un microscope.

Je pensai immédiatement à l'article concernant le Dr Golgi que j'avais lu avec Marm sur les cellules nerveuses. Je pensai également au livre scientifique que mon père m'avait donné.

J'avais le sentiment, en l'écoutant, qu'une porte s'était entrouverte et j'avais l'impression de deviner, au-delà de l'horizon, un monde nouveau. Je voulais lui demander si je pouvais regarder dans le microscope en bronze qu'il touchait et voir comment les cellules restent fixées les unes aux autres. Je voulais rester dans cette pièce toute la journée et l'explorer comme une aventurière de l'Arctique.

– Le microscope est l'un des nombreux outils que nous utilisons, reprit-il. J'occupe le poste d'épidémiologiste en chef, et une vaste partie de notre travail est d'enquêter sur les causes des épidémies. Nous voulons savoir comment ces choses commencent.

Cela m'avait frappée : qu'il existe une personne qui recherche le départ d'une maladie. Non un médecin, mais plutôt un détective, passant au crible les preuves scientifiques.

– Je suis prête, monsieur, prête à vous aider comme je le pourrai, affirmai-je.

– Bien, répondit-il.

Je crus discerner un sourire chez lui.

Il devait retourner au travail; nous revînmes à son bureau et il proposa de me payer cinq dollars par semaine, si j'étais engagée. Ce serait la somme la plus importante que j'eusse jamais eue, elle rendrait nos vies bien plus faciles! Nous nous quittâmes sur une poignée de main ferme. Il dit qu'il me ferait parvenir sa décision avant la semaine suivante. Il semblerait que je ne sois pas la seule personne à vouloir faire ce travail, mais je suis certainement la plus intéressée!

## 30 septembre 1906

*J'ai parfois* le sentiment d'être incapable de voir la même chose que toutes les personnes qui m'entourent. C'est peut-être parce que je suis la seule fille qui semble s'intéresser à des sujets comme les maladies, la mort, les cellules et les os. J'ai l'impression de construire le monde jour après jour. Comme si les choses en dehors de moi-même n'étaient pas vraies. C'est très déstabilisant et légèrement effrayant de penser ainsi, et je ne suis pas certaine de savoir d'où cela me vient. C'est un peu comme si j'étais seule dans un bécher en verre, incapable de toucher le monde ou de parler à ceux qui s'y trouvent.

Je passe des journées entières à l'école sans en garder de souvenir. Je les laisse couler, je pense à d'autres choses, les leçons me filent entre les doigts et se retrouvent sur mon carnet de notes. Je rentre chez moi et, en regardant mes cours, je n'arrive pas à me rappeler le moindre mot, et encore moins le fait d'en avoir écrit un seul. Le semestre dernier avait été terrible. Après le départ d'Anushka, je me sentais comme un insecte desséché pris dans une toile d'araignée, j'avais été drainée de mes fluides. J'aimerais qu'il existe une école pour les filles comme moi. Les filles intéressées par l'invisible, le biologique, l'organique. Quand je dis le mot « biologie » à quelqu'un comme Josephine, je vois ses yeux loucher un peu, sa bouche s'ouvrir légèrement et j'entends son petit cerveau tourner dans son crâne comme une bille toute lisse.

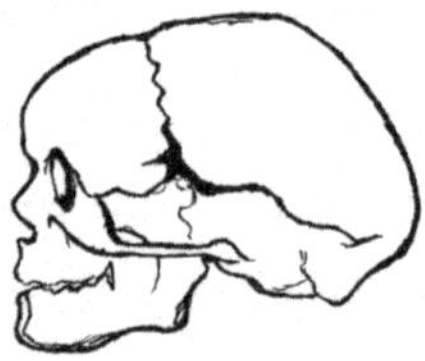

*Crâne mou à la naissance*

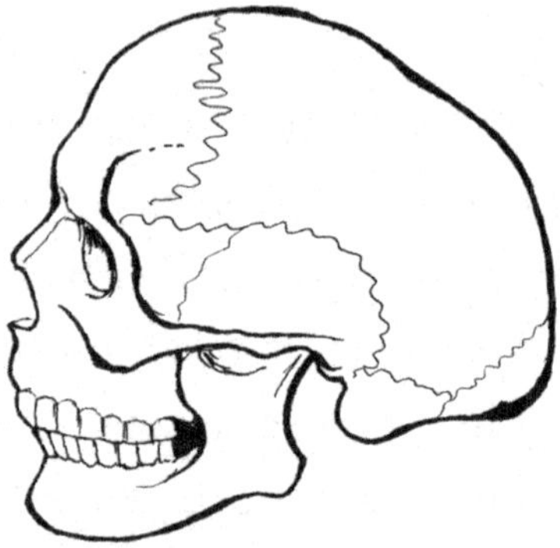

*Crâne adulte composé de 22 os*

## 5 octobre 1906

*J'ai peur* de ne pas avoir été retenue pour le travail. Je ne sais pas ce qu'il s'est passé. J'ai vérifié la boîte aux lettres tous les jours ; je n'ai tout bonnement reçu aucune notification de la part de la personne qui m'a fait passer l'entretien. Je ne veux plus y penser, mais je ne peux pas empêcher mon esprit d'y revenir. Marm me dit de me rendre au bureau et de poser la question, puisqu'on m'avait dit qu'on me donnerait une réponse de toute façon. Mais je serais incapable de regarder cet homme droit dans ses yeux froids tandis qu'il me rejette en personne. J'ai du mal à y croire. Il avait l'air tellement satisfait de moi, de mes questions, de mes compétences. Chaque fois que j'y pense, ce qui arrive au moins cent fois par jour, mes autres pensées s'effacent et disparaissent lentement et je me dis une nouvelle fois : je n'en reviens pas que je n'ai pas eu ce travail.

J'ai peur que, sans ce poste, je ne comprenne jamais le monde et pourquoi des choses horribles arrivent à des personnes innocentes. Cette semaine, la mort avait frappé à nouveau et je ne pus rien faire pour l'arrêter. Hilda Rothkopf de Greene Street, une fille de mon école qui était un peu plus âgée que moi, qui s'appelait auparavant Hilda Groenig et qui était désormais mariée à Gerry Rothkopf, marchand de tissus sur le Ladies' Mile, était enceinte. Marm s'était occupée d'elle ces derniers mois et, quand le jour fatidique fut enfin arrivé, Hilda envoya Gerry. Comme j'étais à la maison, j'accompagnai Marm à Greene Street, où Hilda avait perdu les eaux et où son travail avait commencé. Il semblerait que le bébé était en position du siège et, d'après la grande expérience de Marm, la seule façon de donner naissance à un bébé en position du siège est de le retourner. Marm se retroussa les manches, se lava les mains et nettoya les forceps, puis commença à retourner le bébé. Mon cœur battait à tout rompre pour cette pauvre femme défigurée par la douleur. En entendant ses cris, des voisines étaient venues offrir leur aide. Il nous fallut près d'une heure pour retourner le bébé. Puis Marm ordonna finalement à Hilda de pousser, ce qu'elle fit pendant la majeure partie de la nuit, jusqu'à ce que son bébé sortît enfin. Des larmes m'aveuglèrent quand je vis le petit être bleu dans le bassin. Je sus immédiatement qu'il était mort.

Neuf mois, et cette pauvre femme donna naissance à un bébé mort-né. De tels événements me donnent envie de crier au ciel ! Pourquoi cet enfant ne survécut-il pas ? Pourquoi la mort vient-elle chercher un enfant si jeune ? Pourquoi ne comprend-on pas le corps humain ?

Mais je reste sans voix, abasourdie par une grande tristesse. Je ne peux parler de l'origine de cette émotion à personne.

## *7 octobre 1906*

*J'avais écrit* à Anushka et lui avais parlé de mes craintes de ne pas être acceptée pour le poste, puis j'avais reçu une lettre de sa part concernant un agneau qu'elle avait tué. Ils avaient séché une partie de la bête et mangé le reste pour le dîner. J'ai l'impression que ma meilleure amie s'éloigne de plus en plus de moi. Nos lettres semblent se croiser et nous nous adressons rarement directement l'une à l'autre. Elle m'a enfin demandé aujourd'hui si j'avais été acceptée, ce qui a généré un cri de frustration au plus profond de moi. Si seulement nos lettres pouvaient atteindre leur destination plus rapidement, la distance qui nous sépare nous semblerait moins importante.

Je pense que je suis simplement nerveuse à l'idée d'attendre : j'ai envoyé ma candidature pour d'autres emplois, mais je n'ai rien reçu en retour. Marm me dit que le monsieur peut encore m'écrire, mais j'ai beaucoup de mal à y croire.

Je suis peut-être aussi jalouse de la vie d'Anushka. Elle semble avoir emprunté une voie d'aventure et d'émerveillement, des tas de choses nouvelles lui arrivent, et me voici coincée à l'école pour filles de Mrs. Browning, sans aucune piste d'emploi décent. Aujourd'hui, la courte, costaude et trop parfumée miss Ruben nous avait dit que nous devrions aspirer à l'image de la jeune fille à la Gibson* et que nous devrions nous considérer comme des roses délicates. Josephine et Fanny furent choisies pour parader de manière très raffinée sur le bout de leurs pieds devant la classe. Elles étaient effectivement magnifiques en surface, parfaites comme des images. Miss Ruben avait dit qu'à elles deux elles formaient un superbe bouquet.

– Pas comme toi, ajouta-t-elle en me lançant un dramatique signe de la main.

J'étais assise près de la fenêtre à rêvasser et sa soudaine attention me réveilla comme une douche froide.

– Prudence, reprit-elle, il semblerait que tu n'aies pas le moindre sens de la mode. Tu dois te relâcher, t'adoucir. Avec des cheveux attachés aussi fermement sur ta tête, tu ne ressembles en rien à une rose. Tu ressembles plutôt à un petit chardon rachitique !

Je sentis mon cœur se transformer en pierre. J'entendis les autres filles glousser. De nous toutes, elle m'avait choisie, moi, pour sa critique. Je voulais m'enfuir. Je regardai par la fenêtre et je m'imaginai grandir dans des champs de chardons avec Anushka, que je voyais comme une sorte de fleur violette, comme moi.

Je décidai que je préférais être un chardon qu'une rose. Les chardons sont vifs et résistants.

---

* NdT : la « jeune fille à la Gibson » était la personnification de l'idéal féminin américain, créée par l'illustrateur Charles Dana Gibson. Elle est considérée comme l'une des ancêtres de la pin-up américaine.

Je passai ma journée à regretter l'absence d'Anushka, ma meilleure amie, qui s'asseyait à côté de moi et qui me souriait tout au long de nos leçons.

Elle m'écrit qu'elle s'est fait mal à l'épaule en tirant au fusil. Au fusil ! Qu'est-ce que je peux répondre à ça, moi qui n'ai jamais touché une arme ? Elle m'écrit qu'elle dépèce des animaux, plume des poulets, monte à cheval, traie des chèvres à une main. Abat un agneau. Et j'ai peur que nous devenions deux personnes diamétralement différentes qui ne pourront plus jamais rien partager.

Mais je ne veux pas la perdre.

C'est toujours à son sourire que je pense quand j'ai besoin de me remonter le moral.

*Cirsium vulgare (chardon)*

## 12 octobre 1906

*Enfin, enfin,* enfin ! Un miracle s'est produit, et enfin pour moi ! À la fin de la semaine dernière, je reçus une réponse de la personne qui m'avait fait passer l'entretien me confirmant que j'avais bien été choisie pour être son assistante. Il me demandait de le retrouver dans son bureau le vendredi pour parler du poste. J'étais tellement heureuse de le revoir, de contempler son visage sérieux, je pouvais à peine contenir ma joie.

J'étais devant son bureau, mon chapeau à la main, à regarder les muscles se tendre dans sa mâchoire.

– Miss Galewski, lança-t-il, avant que vous acceptiez cet emploi, j'aimerais que vous compreniez que je ne vous engage pas en tant que secrétaire. En vérité, je cherche quelqu'un qui puisse m'accompagner dans les foyers de maladies et m'aider à enquêter sur leurs causes.

Ses mots m'effrayèrent l'espace d'un instant ; je lui répondis que je n'avais rien d'une experte. Il secoua la tête :

– J'ai besoin d'une assistante, de quelqu'un qui prenne des notes, mais qui puisse également participer. Je vous demande d'utiliser votre cerveau, non pas de simplement taper des phrases que je vous dicte, mais également de réfléchir aux enquêtes.

Cette description me fit perdre mes mots ; je ne pus rien faire d'autre qu'acquiescer. Il me donna un in-folio dans lequel prendre mes notes.

– On vient d'assigner une enquête de fièvre typhoïde au bureau, ajouta-t-il. J'ai besoin de vos services immédiatement. Lundi à 8 heures du matin, nous nous retrouverons au bureau et prendrons une voiture à moteur jusqu'à Long Island, où un foyer a contracté la maladie.

Je pensai à Marm et à l'école et me trouvai incapable de lui rappeler ma contrainte d'une demi-journée.

– Monsieur, je serai là à 8 heures, lundi.

Il déclara avoir mené une enquête concernant une épidémie, ce qui expliquait pourquoi j'avais attendu durant ces interminables semaines. Il était à Peekskill et testait les tuyaux d'eau : ceux qui vont et viennent des maisons. Il suivait leur tracé jusque dans le réservoir de la ville. Ce réservoir fournit les habitants en eau potable. C'était alors que Mr. Soper avait découvert qu'un constructeur permettait à ses employés de se baigner et de déféquer dans le réservoir, contaminant ainsi l'eau potable. La ville entière, ou presque, avait contracté le choléra. Un certain nombre d'habitants de Peekskill, principalement des enfants et des personnes âgées, étaient morts de déshydratation, des suites de vomissements et de diarrhées excessives (je dois m'habituer à ce vocabulaire médical, car Mr. Soper l'utilise souvent).

Je ne montrai pas mes émotions, mais une partie de moi-même souhaitait ardemment l'entendre parler des morts. C'était alors que je m'étais interrogée : est-ce que je veux vraiment accepter un autre travail qui comprend autant de tourments ? Quand les choses tournent mal, quand nos mères et nos enfants meurent, une grande tristesse s'empare de moi, un sentiment dont je n'arrive pas à me débarrasser pendant des jours.

Mais ce poste sera différent. Là, je ferai en sorte de combattre la mort.

Il me congédia alors et je quittai le bureau avec un sentiment d'émerveillement, en considérant l'emploi et l'homme qui me l'avait confié, son visage moustachu ferme et ses yeux maussades. Je ressens une froideur en lui, certainement d'avoir été témoin de tant de maladies, mais en dessous de tout cela il semble très attentionné.

Une fois chez moi, je parlai de notre discussion à Marm. Elle s'érigea immédiatement contre les heures de travail et le voyage. Je voyais que cela la touchait, le contour de sa bouche changeait, son sourcil se levait.

– Ne dois-tu pas être à l'école à 8 heures le matin ? demanda-t-elle.

Quand je dis à Marm que j'avais promis à Mr. Soper d'être présente, elle ajouta :

– Prudence, les règles de l'école t'autorisent à accepter un poste l'après-midi. Tu ne peux pas y être le matin. Tu dois le lui dire.

Elle croisa les bras.

– Et je n'aime pas l'idée que tu montes dans une voiture à moteur avec un étranger, un adulte.

Les remarques de Marm me donnaient l'impression que le poste m'échappait. Je comprends les raisons de ses doutes, mais je veux – j'ai besoin – de ce travail. Je protestai donc :

– Si j'étais un garçon...

– Mais tu n'es pas un garçon ! Tu es une fille en dernière année. Ce n'est pas ce qui était prévu !

Marm haussa le ton ; je ne l'entends pas souvent crier, et ce n'est jamais contre moi.

– Mais je veux cet emploi ! Ça m'intéresse bien plus que d'aller à l'école ! criai-je.

Marm plissa les yeux. Cela fait des années qu'elle travaille pour que je continue à aller à l'école. Elle s'occupe de futures mères pendant des mois pour avoir une somme modique lors de l'accouchement. Puis, tous les automnes et les printemps, elle doit payer mes vêtements d'école et les bottes que je porte. De l'argent encore pour les livres, les crayons et le papier. Et elle ne se plaint jamais. Elle pense que ça vaut le coup, que c'est une école plus prestigieuse que les autres écoles gratuites et qu'elle me mènera à une carrière plus importante que la sienne. Mais j'insistai.

– Je n'y apprends rien, Marm ! Simplement de la comptabilité, des langues et comment commander des domestiques...

– Il n'y a pas de place pour une femme dans les sciences, répondit-elle.

Elle frappa la table du plat de la main avant d'ajouter :

– Tu ne peux définitivement pas accepter ce travail. Je ne te le permettrai pas, Prudence !

– Si j'étais un garçon comme Benny, tu me laisserais faire, explosai-je.

Je la vis prendre une inspiration, comme si je venais de la frapper.

– Marm, criai-je. Marm, je t'en prie !

J'étais désolée d'avoir évoqué Benny, mais je devais lui faire comprendre.

Elle me regardait, les lèvres tellement pincées qu'elles en étaient devenues blanches. J'adoucis ma voix :

– C'est à cause de Benny que je veux ce travail, Marm. Je veux savoir pourquoi il est mort, je veux comprendre.

Marm resta stoïque, j'avais peur qu'elle eût cessé de respirer.

Je lui demandai si elle pourrait parler à Mrs. Browning. Nous pourrions peut-être la convaincre de me laisser travailler mes leçons seule et, ainsi, de rester inscrite à l'école. C'était une opportunité tellement rare. J'ai parlé de Jacob Riis et de toutes les bonnes choses qu'avait effectuées le département de la Santé et de l'Hygiène pour la ville.

Je serrai les mains et attendis. Marm lâcha finalement :

– Nous irons voir Mrs. Browning en privé et nous verrons ce qu'elle a à en dire. Mais tu dois accepter sa décision. Si elle n'est pas d'accord, tu devras rester à l'école.

Je posai les mains sur les hanches et gardai ma repartie. Marm se détourna de moi et commença à faire à manger. Nous n'en reparlâmes pas.

Nous retrouvons Mrs. Browning ce soir dans son petit salon.

Je n'y peux rien, je suis furieuse contre Marm. C'est elle qui m'a appris des choses sur le corps et les maladies, c'est elle qui m'a poussée à utiliser mon cerveau, c'est elle qui m'a encouragée à me baser sur les faits scientifiques, à toujours être curieuse. Maintenant, elle veut que je fasse de la comptabilité, pourquoi ? La plupart des bureaux emploient une fille comme dactylographe comme ils achètent une plante verte ; Marm ne veut-elle pas que je sois plus intelligente que ça ? Mr. Soper va plus loin, lui, il me demande de me servir de ma tête. C'est inhabituel, j'en conviens, mais c'est cette étrangeté qui rend le poste si spécial.

C'est comme si Marm m'avait poussée d'une tour très haute, comme si elle n'était plus à mes côtés. Je ne parviens plus à savoir ce qui est juste ou non. Accepter cet emploi et peut-être quitter l'école ou le refuser et être triste pour le restant de mes jours ? Si seulement je n'avais pas à choisir entre l'école et le travail.

## *13 octobre 1906*

*J'ai accepté* le poste, je quitte l'école. J'ai l'impression que quelque chose en moi s'est brisé, comme un lien me reliant à un monde familier. Je ne sais pas si c'est la bonne chose à faire. Beaucoup de filles de mon voisinage abandonnent leurs études afin de gagner de l'argent pour leur famille. J'entends les sœurs Feldman monter les escaliers et se glisser au lit à n'importe quelle heure de la nuit et j'ai toujours été heureuse de ne pas être l'une d'entre elles. Je sais que j'ai toujours été perçue comme une jeune fille différente aux yeux de nos voisins, principalement parce que Marm a toujours fait en sorte que je reste à l'école. Ils ont tous cru que j'irais loin et je ne sais pas ce qu'ils en penseront.

Je dois donner le meilleur de moi-même pour cet emploi, apprendre tout ce que je peux et devenir quelqu'un. Je serai peut-être un jour comme Florence Nightingale, une infirmière héroïque qui panse les plaies. Mais elle est née dans une grande famille anglaise et pouvait se permettre d'aller dans les meilleures écoles. Un avenir dans les sciences apparaît comme un rêve impossible impliquant des écoles dispendieuses et lointaines qui n'accepteraient certainement pas une fille juive des classes populaires.

La réunion avec Mrs. Browning m'avait démontré la vétusté de ma vie.

J'avais eu ce sentiment dès que sa servante nous avait invitées à entrer dans son salon. Je ne m'étais jamais retrouvée dans une maison aussi extravagante. Au mur pendaient des têtes de tigre et de lion aux yeux grands ouverts qui montraient les crocs. Entre deux défenses d'éléphant étaient accrochées des photographies de Mr. Browning avec un groupe de chasseurs en safari en Afrique. Une autre photo imposante montrait Mrs. Browning, portant un chapeau orné de plumes de paon, en train d'être hissée dans un moyen de transport par plusieurs hommes.

Marm s'assit sur le bord d'une chaise soigneusement rembourrée et je me glissai sur la surface dure d'un banc en bois sculpté. Des lampes en cristal scintillaient sur les tables d'appoint, des rideaux en dentelles pendaient aux fenêtres. La maison de ma professeure semblait suivre à la lettre les règles de décoration et d'ameublement que nous avions étudiées dans le *Ladies' Home Journal**. Cela incluait même le chat persan obèse qui se prélassait sur le tapis oriental en bougeant la queue et en nous observant d'un air attentif.

Marm jouait avec son sac, l'ouvrait et le refermait. Je m'assis, mon chapeau à la main, et j'observai le tableau de Marie et de Jésus sur le mur opposé. J'eus le sentiment que Mrs. Browning nous faisait patienter plusieurs minutes afin que nous assimilions totalement sa providence.

Elle entra finalement, suivie de son majordome qui apportait des boissons. Comme c'était étrange d'être servies par un vrai majordome. Il nous versa du thé et nous laissa

---

* NdT : magazine féminin américain publié entre 1883 et 2014.

avec Mrs. Browning, qui soutint à Marm pendant plusieurs minutes à quel point j'étais une bonne élève, attentive, etc. Marm semblait tellement étrangère à tout cela. Ses joues d'ordinaire roses avaient pris une teinte cireuse, sa bouche était tournée vers le bas. Elle n'était pas heureuse que je voulusse quitter l'école ; elle n'était pas non plus à l'aise dans la maison de cette femme, forcée de négocier pour moi. Cela me mettait en colère de lire tous ces sentiments sur son visage.

– C'est agréable de vous parler, Mrs. Galewski, mais vous devez me rappeler l'objet de votre visite, lança Mrs. Browning.

– Il semble que Prudence ait réussi à trouver une sorte d'emploi, répondit Marm en s'éclaircissant la voix. Elle travaillerait au département de la Santé et de l'Hygiène de la ville de New York, en tant qu'assistante d'un ingénieur sanitaire.

Mon estimée professeure se tourna vers moi, le nez froncé, ses sourcils parfaitement épilés également froncés.

– Un ingénieur sanitaire ? Pourquoi voudrais-tu assister une telle personne, Prudence ?

Cette question me fit l'effet d'un poing dans l'estomac. Elle m'avait rarement parlé directement, sauf pour me dire à quel point je serais belle si je portais mes cheveux bouclés et si j'avais un ruban sur le col.

– Mrs. Browning, commençai-je, j'ai assisté Marm durant tout l'été.

Je regardai Marm, repensant à notre dispute sur le choix de Mr. Soper. Je continuai :

– J'ai cru comprendre que ma mère était satisfaite de mon travail d'assistante, même si je ne suis qu'une fille de seize ans.

Du rouge apparut sur les joues de Marm, exprimant de la colère et aussi de la gêne que j'évoquasse notre dispute en public. Je me forçai à continuer, à me battre pour cet emploi :

– Mrs. Browning, je ressens au plus profond de moi un besoin d'étendre mon savoir, d'en apprendre davantage sur les fonctions du corps humain, et je suis persuadée qu'assister un épidémiologiste en chef m'aiderait à faire cela.

Les yeux de Mrs. Browning me firent l'effet de deux petits pouces qui s'enfonçaient dans ma peau.

– Ton choix de vie me surprend, Prudence, répondit-elle. Je pensais qu'après avoir obtenu ton diplôme tu chercherais un travail de secrétaire, et non que tu te vautrerais dans la crasse humaine. Une fille avec tes compétences pourrait obtenir un emploi respectable dans l'une des banques les plus prestigieuses de la ville. Tu pourrais grimper les échelons et devenir la secrétaire privée d'un directeur de banque. Ou peut-être même devenir la comptable d'une des maisons de mode. Ou encore, devenir gouvernante pour la noblesse. Une vraie profession, pour laquelle nous t'avons formée.

Je m'imaginai à l'un de ces postes, à compter l'argent d'autres personnes ou à surveiller leurs enfants toute la journée, cela me suffoqua presque. Je regardai Marm, puis reportai mon attention sur ma professeure, qui m'encourageait à répondre de la tête.

– J'ai beaucoup appris dans votre école, Mrs. Browning.

Les yeux de mon interlocutrice ne me quittaient pas, attendant une réponse :

– Le travail que me propose Mr. Soper serait un défi pour moi.

Mrs. Browning me demanda ce que j'entendais exactement par là.

– Je ne serais pas simplement un témoin passif de la mort, répondis-je. En travaillant auprès de Mr. Soper à la recherche de la source des maladies, j'aiderais à endiguer une épidémie. J'ai le sentiment que c'est une mission importante.

Ses narines se dilatèrent :

– Et pourquoi cet homme aurait-il besoin de ton aide ? Une jeune fille comme toi ? Ne peut-il pas trouver un jeune scientifique pour ce travail ?

Je sentis mes yeux s'ouvrir comme de gigantesques soucoupes à thé. Je voulais crier : « Mais je suis une jeune scientifique ! Il l'a vu en moi, pourquoi ne pouvez-vous pas en faire autant ? » Mais elle ne me voyait comme rien d'autre qu'une fille, voilà le problème, cela avait toujours été le problème. Je retins cette fureur qui enserrait mon cœur. Je répondis calmement :

– Il m'a engagée en tant que dactylographe et preneuse de notes. Ce n'est qu'après qu'il m'a nommée assistante.

Un sourire ironique fit son apparition sur le visage de Mrs. Browning.

– Au-delà de la dactylo, quelles seront exactement tes tâches ?

– Je n'en sais rien. Mr. Soper me l'apprendra au fur et à mesure, répondis-je.

– Est-ce que, par exemple, tu guériras des maladies ?

Elle sourit en inclinant la tête. Je n'appréciais pas du tout ce qu'elle sous-entendait. Je répétai lentement :

– J'aiderai à endiguer l'épidémie, m'dame.

Cette dernière phrase lui fit marquer une pause. Elle but une gorgée de thé et grignota un biscuit. J'étais soulagée que ses grands yeux gris ne fussent plus posés sur moi, et je posai les miens sur Marm, dont le regard hagard et triste s'éclaira d'une sorte de fierté étrange.

– Et quel est donc le problème ? demanda Mrs. Browning. Tu sais bien que tu peux accepter le poste qui te plaît.

– Il veut que je travaille dès 8 heures, le matin.

– Ah, répondit-elle.

Elle renifla l'odeur de son thé, le posa sur la table et s'essuya le bout des doigts dans une serviette en satin.

– Tu connais les règles.

Marm s'exprima, à ma grande surprise :

– Mrs. Browning, ne pouvez-vous pas prendre en considération de récompenser Prudence pour ce travail méritant ? Vous pourriez certainement outrepasser les règles pour cette fois et lui permettre de rattraper les leçons les soirs et les week-ends.

Les yeux me piquèrent quand je ressentis une nouvelle fois la présence de Marm à mes côtés. Je dis à Mrs. Browning que je ferais tout ce qu'elle voudrait.

– La jalousie n'est pas en reste dans notre établissement, tu le sais bien, Prudence. Les règles existent pour maintenir l'ordre, répondit Mrs. Browning. Les autres filles ne considéreraient pas que leur éducation est si importante si je te laissais travailler plutôt que de venir à l'école.

– Ne le disons pas aux autres filles, suggérai-je alors.

– Miss Prudence Galewski, si vous ne pouvez plus apprécier les règles de notre institution, peut-être pourrai-je trouver une autre fille dans le besoin à qui conférer les fonds dont vous disposez actuellement ?

Je n'avais jamais vu cette dame aussi froide auparavant.

– N'êtes-vous pas la propriétaire de l'école, Mrs. Browning ? coupa Marm. Ne pouvez-vous pas prendre en compte, ne serait-ce qu'une seconde, la situation rare dans laquelle se trouve ma fille actuellement ? Pour une fois, un homme avec des responsabilités a reconnu les compétences d'une fille et est prêt à lui donner sa chance. Je ne comprends pas pourquoi vous ne voulez pas aider Prudence, pourquoi vous ne voyez pas l'opportunité qui lui est offerte !

– J'ai bien peur que vous ne voyiez pas ce qui est devant vos yeux, siffla Mrs. Browning. Le sexe opposé est prêt à tirer avantage de votre fille, et vous la poussez dans la gueule du loup !

– Je vous demande de m'excuser, mais je ne suis pas certaine de vous avoir bien saisie ! s'exclama Marm, en sautant de son fauteuil. Prudence est pour moi la personne la plus importante au monde et, si je pensais qu'elle était en danger d'une quelconque manière, je ne la laisserais pas travailler dans ce bureau. Je suis fière de ma fille pour son intelligence et son courage et je suis désolée que vous ne le voyiez pas de la même façon. Bonne nuit à vous, m'dame !

Elle saisit mon poignet et nous sortîmes toutes les deux. C'était tellement horrible.

Voilà pourquoi je ne vais plus à l'école.

J'espère avoir fait le bon choix.

## 19 octobre 1906

Aujourd'hui était mon premier jour avec Mr. Soper. Cela me perturba de me lever au son des cloches de l'église et de me préparer pour le travail plutôt que pour l'école. Je me sentais perdue et je ne savais pas quelle robe porter pour mon premier voyage en voiture à moteur, ma garde-robe comptant uniquement mes jupes noires, mes chemisiers blancs et mes vestes d'école. Aurai-je besoin de quelque chose de plus professionnel, comme un tailleur ? Je ne savais pas à quoi devait ressembler une assistante ou ce qu'elle devait faire. Je n'étais pas sûre de satisfaire totalement mon supérieur. Les doutes de Mrs. Browning résonnaient dans mon esprit, mais je passai mon ensemble marron de bonne facture ainsi que la cape assortie et un chapeau et je me forçai à marcher les deux kilomètres jusqu'au travail, car marcher m'a toujours détendue.

Je retrouvai Mr. Soper au bureau, où il attendait dehors dans le froid matinal avec Mr. Thompson, notre client replet et chauve. Ils étaient tous deux appuyés sur une de ces Stanley Steamers dont je voyais des publicités partout près de Tin Pan Alley. Quand Mr. Soper me vit, il fit un geste de la tête en direction de Mr. Thompson, qui se déplaça vers l'avant de la voiture, ouvrit le capot et commença à faire quelque chose au moteur. Je ne m'étais jamais trouvée si près d'une locomobile

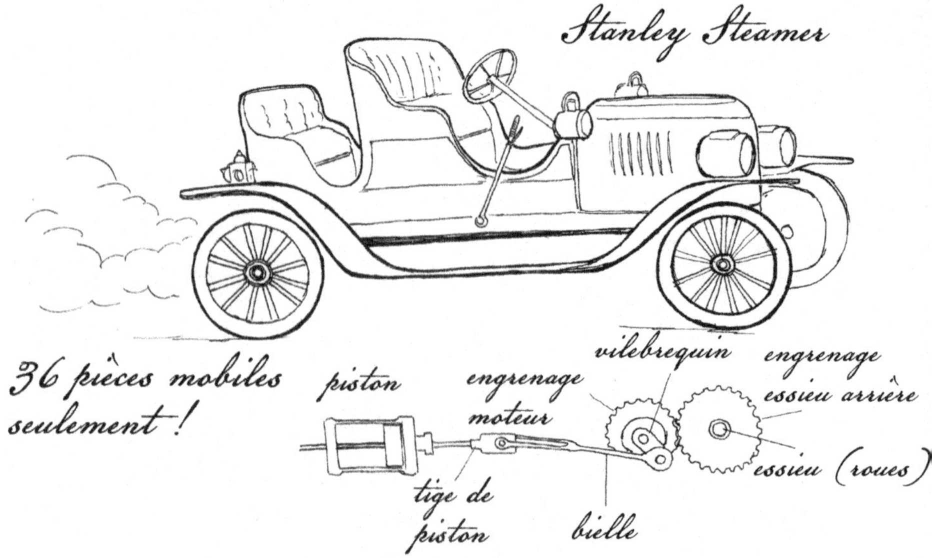


auparavant. Elles me dépassent souvent si rapidement dans les rues et elles semblent si instables, comme si elles étaient sur le point d'exploser à tout instant. Celle-ci était verte comme de l'herbe avec des roues habillées de blanc et un toit noir, impeccablement replié. Elle brillait tellement que je me sentais comme attirée par le véhicule. Celui-ci prit vie à grands coups de rugissements et je fis un bond en arrière, comme si un chien amical venait de m'aboyer dessus. De la vapeur s'échappa du capot et, l'espace de quelques instants, je ne voulais plus monter à bord. Mais Mr. Soper me présenta sa main et m'aida à monter à l'arrière. La sellerie en cuir était aussi confortable qu'un canapé.

Une fois le moteur de l'automobile en marche, Mr. Thompson essuya son crâne chauve et ses mains dans un mouchoir puis s'assit derrière le volant, aux côtés de Mr. Soper, et nous commençâmes à avancer. Tout semblait si proche avec le toit replié : les ébrouements des chevaux au-dessus de nos têtes, les fortes explosions des voitures à essence, les cloches des tramways et les cris des piétons que

Mr. Thompson manqua d'écraser plusieurs fois. Nous passions devant tant de choses tellement vite que la tête m'en tourna. Je m'accrochai aux flancs de la voiture, essayant de retrouver l'équilibre, et me cramponnai à mon chapeau, effrayée par l'expérience dans laquelle je m'étais embarquée. Mr. Soper cessait parfois de parler à son client pour se retourner et me regarder. Je pense que c'était pour s'assurer que je n'avais pas été touchée par des débris. J'ai honte de l'avouer, mais j'espérais secrètement être de retour à l'école, assise à côté de Josephine, à regarder les cheminées par la fenêtre et à réfléchir à mes petites pensées personnelles. Je ne commençai vraiment à apprécier le voyage qu'après que nous empruntâmes le pont bouché de Brooklyn, traversâmes le Queens et atteignîmes des routes plus rurales, où je sentis le vent me fouetter le visage. Je n'avais jamais eu de raison de visiter la campagne voisine de New York, et la vision de vaches ruminantes ainsi que l'odeur fraîche des feuilles rougeoyantes de l'automne me réconfortèrent.

Mr. Soper est un homme très sérieux, qui a rarement une minute pour m'expliquer quoi que ce soit. Arrivés à Oyster Bay, sur Long Island, nous entrâmes dans une résidence en pierre entourée de fleurs exotiques se mourant dans leurs cosses et de pommiers aux fruits mûrissants qui surplombaient l'eau. La campagne semblait tellement calme. Mr. Soper sortit, accompagné de Mr. Thompson ; ils discutaient de la façon dont la maladie de la typhoïde pouvait être transmise par le biais de la nourriture et Mr. Soper voulait voir la cuisine avant tout. Je les suivis à l'arrière de la demeure. La cuisine était encore plus grande que notre appartement ! La lumière se déversait à travers quatre fenêtres et se reflétait sur le fond étincelant d'une dizaine de casseroles en cuivre qui pendaient sur la grande cheminée en brique. Je me sentais balancer d'un pied sur l'autre, distraite par la taille et la noirceur de la cuisinière, la vision d'un vrai réfrigérateur, le plan de travail de la taille de mon lit.

– Faites bien attention, miss Galewski, et notez ces informations dans l'in-folio ! aboya Mr. Soper. Réfléchissez aux mots de Mr. Thompson.

J'ouvris rapidement le dossier et agrippai un crayon. Il m'était difficile de me concentrer avec tant de choses à regarder. Mais je gardai mes yeux rivés sur le papier, me sentant rougir.

– Voici notre situation, commença-t-il. La famille de Mr. Thompson et ses domestiques sont tombés malades pour la première fois le 4 septembre, écrivez-le, des notes bien précises. Ses fils ont contracté la fièvre à 10 heures ce même jeudi matin après avoir mangé des pommes et du fromage. La lingère est tombée malade le dimanche à 7 heures du matin après avoir mangé des pancakes, restez concentrée et ne relâchez pas votre main. C'est votre travail, conclut-il.

Il avait entendu des choses que j'avais totalement ratées. J'écrivais aussi vite que possible, essayant de rester concentrée sur ma mission.

Mr. Soper commença à poser des questions à Mrs. Thompson, qui entra dans le garde-manger (étagère sur étagère de cookies, de pains, de miels et de confitures en pot, toute la nourriture dont on peut rêver). Je me tenais derrière lui, me sentant un peu déséquilibrée, la bouche sèche et l'estomac vide. Les épais cheveux blonds de la ronde Mrs. Thompson étaient montés en chignon, sa peau était rose; il était évident qu'elle se remettait à peine de la fièvre. Mais cela n'empêcha pas Mr. Soper de l'interroger dûment.

Sa voix était faible tandis qu'elle décrivait la façon dont elle avait commencé à ressentir les effets de la maladie un vendredi soir à 23 heures à la mi-septembre (le 12, le même jour que sa fille Amy), après que leurs invités, les couples McDonnell, Graff et Chadwell (sans enfant) s'étaient retirés. (Menu : sole grillée avec pointes d'asperges. Caviar, mousse au chocolat. Pain français, beurre de la ferme voisine.) Mr. Soper lui posa des questions concernant les visiteurs : l'un d'entre eux était-il tombé malade ou avait-il pu faire entrer la maladie dans le foyer? Elle secoua la tête; ses docteurs avaient parlé à leurs connaissances (les trois couples, ainsi que la famille Lyons, Mr. Cerasano et les voisins, les Heighton et leurs cinq enfants). De ce qu'ils en savaient, aucun de leurs amis n'avait contracté la typhoïde.

Tandis qu'elle parlait, Mr. Soper s'assura que j'écrivais les noms, les plats, les heures et les dates.

– Nous suivrons ces informations comme des miettes de pain dans une forêt, dit-il.

Mrs. Thompson nous montra ensuite la salle à manger où la plupart des repas de la famille avaient lieu, puis elle nous guida dans le reste de la maison. Je les suivis, Mr. Soper et elle, à travers les différentes chambres et salles de bains, me sentant mal à l'aise dans cette résidence de famille aisée, dont la vie était tellement différente de la mienne. Leur vie privée nous était entièrement révélée. Je devais me répéter qu'ils avaient été victimes d'une maladie terrible et que j'étais là pour en trouver la cause.

Dans l'après-midi, nous nous entretînmes brièvement avec leur fils aîné, Jimmy, un garçon de mon âge, blond comme sa mère, élancé, à l'aise. Il s'était totalement remis de la maladie, même si je pouvais discerner la protubérance de ses clavicules et une teinte verdâtre sous ses yeux bleus joyeux. Il avait pêché la palourde avec ses frères Ronnie et Billy tout l'été. Ils étaient allés jouer au polo chez leurs voisins de droite, les Heighton. Les trois garçons avaient montré des symptômes de la maladie le même jour (le 4 septembre). Mr. Soper lui demanda de se rappeler très exactement quand ils avaient commencé à se sentir mal, et le garçon répondit : en début de matinée (peu de temps avant le passage du facteur à 9 heures). Non, un vendredi, comme Mrs. Thompson ; en vérité, ils étaient tombés malades plus d'une semaine avant cette dernière.

Nous quittâmes la maison après notre entretien avec Jimmy. Mr. Thompson et Mr. Soper n'échangèrent aucun mot sur le chemin du retour. Au bureau, à la fin de la journée, Mr. Soper hocha la tête et dit :

– Il y a un mystère dans cette affaire que nous ne faisons qu'entrapercevoir. Nous retournerons à Oyster Bay demain. Nous avons beaucoup de pain sur la planche.

Toute la journée, j'eus le sentiment qu'il se passait des choses bien au-dessus de moi, tandis que j'essayais de grimper assez haut pour les voir et les comprendre.

– Nous devons suivre la nourriture, me dit Mr. Soper, suivre les déplacements de la famille.

Mais j'ai l'impression de ne pas savoir ce que nous recherchons. Je ne sais même pas quand nous saurons que nous l'avons trouvé !

## 23 octobre 1906

La fièvre typhoïde, qui s'était diffusée dans le foyer, s'était dissipée au début du mois. Je comprends maintenant la nature de l'épidémiologie, ainsi que le travail de Mr. Soper : si nous ne découvrons pas comment a démarré cette fièvre, elle pourrait se déclarer à nouveau et se disséminer comme la peste par l'eau, la nourriture ou d'autres moyens dans le voisinage. Ce serait un vrai désastre.

Nous retournâmes à la maison chaque jour de la semaine, nous rassemblions des preuves, trouvions des informations sur cette imposante résidence. À chaque visite, j'en apprenais un peu plus sur leur vie ; Mr. Soper dit que nous devons nous concentrer en priorité sur leur nourriture. Ils en consomment une telle quantité qu'elle pourrait satisfaire tous les habitants de ma rue.

Nous interrogeâmes les deux femmes de chambre, la lingère, le jardinier et le majordome, qui étaient tous tombés malades un samedi (6 septembre), la même semaine que les garçons. Mr. Soper leur demanda à tous ce qu'ils avaient mangé dans le mois et je notai tout dans l'in-folio. C'est une entreprise ardue que de demander à onze personnes de se rappeler trente jours d'œufs, de bacon et de gruau, de haricots en sauce et de muffins, de sandwichs au fromage, de tomates, de pommes et de prunes, de steaks, de pommes de terre, de salades, de côtelettes, de spaghettis et de sauces, de desserts et de goûters, surtout lorsqu'ils ne se retrouvent pas tous ensemble pour chaque repas et que les serviteurs paissent comme des vaches, semblerait-il. Mes listes sont si complexes qu'elles devront être référencées et indexées comme un livre. Je passai la semaine à travailler à des tableaux et à des graphiques pour mettre en ordre les types de repas, avec des titres comme « Produits laitiers », « Viandes », « Légumes » et ainsi de suite, mais je ne suis pas encore à la moitié de ma tâche.

Je me demande ce que cela ferait d'avoir autant de choses à manger, à notre bon vouloir. Avec un réfrigérateur et un garde-manger, tout semble possible.

Je pris des notes sur les allées et venues dans le foyer et j'établis des tableaux des « Personnes visitées », des « Endroits visités » et des « Visiteurs à la maison ». Je me sens comme une petite espionne, écrivant à qui cette famille avait rendu visite et qui était venu les voir. Je pense aux cercles sociaux auxquels Mrs. Browning voulait qu'on aspire et je me demande ce qu'elle aurait à redire du fait que je liste les habitudes alimentaires et de visite des riches.

Mr. Soper inspecta la maison et préleva de l'eau du puits et des résidus des robinets. Nous prîmes des échantillons d'agneau, de bœuf, de poulet, de lait, de pêches, de pommes, de bananes et de légumes dans les cuisines. Dans le jardin, Mr. Soper s'équipa d'une pelle et creusa jusqu'à ce que l'odeur des égouts, le système septique des toilettes du foyer, se fît sentir. Il préleva d'autres échantillons et les mit en bouteille, me tendant les tubes odorants, sans même s'inquiéter de mes dispositions féminines. Il me demanda d'étiqueter et de ranger ces prélèvements dans des supports en bois. Et je dois bien avouer que je ressentis un certain plaisir à remonter mes manches et à effectuer cette sale besogne à ses côtés. Nous ramenâmes les échantillons au laboratoire afin d'y déceler la maladie et nous attendîmes les résultats.

Je découvris que la résidence n'appartenait pas à Mr. Thompson, il ne faisait que la louer à un riche marchand pour l'été ; il a peur que le marchand ne le tienne responsable de l'infection, surtout si nous n'en trouvons pas la cause. Pire encore, la famille est prisonnière sur Long Island et ne peut pas retourner dans sa maison en ville, car leur propriétaire refuse qu'ils reviennent avec la fièvre. Les enfants n'ont pas le droit de retourner à l'école tant qu'ils ne sont pas entièrement guéris.

Je crois que la plus touchée de la famille est la jeune Amy Thompson, qui sort tout juste de l'hôpital Nassau. Cette fillette timide de sept ans, aux longs cheveux bruns noués,

est soignée et polie. Elle semble normale, si on ne s'attarde pas sur son visage. On dirait qu'une éruption de fièvre est apparue sur son cou et son menton et qu'elle n'a pu s'empêcher de les gratter. Cela lui a laissé de vilaines plaies qui n'ont pas guéri correctement, lui donnant des cicatrices éparses qui la défigureront toute sa vie. Dans un portrait de famille sur le manteau de la cheminée, je vis qu'Amy avait un beau visage de petite fille et un sourire courageux.

J'ai peur que cette fièvre lui ait retiré sa beauté ainsi que sa personnalité.

## 25 octobre 1906

Mr. Soper et moi nous rendîmes au laboratoire où les scientifiques étudiaient nos échantillons au microscope, et je ressentis une nouvelle fois cette étrange sensation d'être pleinement consciente de mon visage et de mon corps. Cela ne fit que s'accentuer lorsque l'un des garçons se pencha vers moi alors que je passais près de lui et me souffla :

– Tu veux regarder dans mon microscope ?

J'avais le sentiment qu'à cet instant précis tous les yeux de la pièce étaient tournés vers moi et qu'ils attendaient ma réponse avec impatience. Je restai stoïque tout en cherchant une répartie. Mr. Soper n'entendit pas ce que m'avait dit le garçon mais, en sentant son attention, il lui dit d'un ton sec :

– Occupe-toi de tes affaires, Jonathan !

Puis le garçon baissa les yeux. Ses cheveux étaient coiffés de manière élégante et il avait quelques poils au menton, qui lui donnaient l'apparence d'un bouc, jusque dans le sourire qu'il portait sur le visage. Je ne suis pas habituée à une telle audace.

Je crois que je n'ai jamais rencontré une fille qui, comme moi, est si maladroite avec les garçons. Même Anushka était un jour sortie avec un garçon, Jim McAvoy. Or, la chose avait vite tourné au vinaigre quand elle avait essayé de lui expliquer les principes de la communion et de la vie dans la nature. Le pauvre Jim n'avait jamais connu une fille qui comprenait ce genre d'idées, et il n'est jamais revenu vers elle. Mais nous avions tiré toutes les deux une leçon de cette expérience : ne pas parler de concepts avec les garçons. Mais peut-être Anushka aura-t-elle une autre chance. Pas plus tard qu'hier elle m'écrivait avoir un faible pour un garçon appelé Randall. Elle l'avait rencontré lors d'une promenade en chariot le jour de Christophe Colomb*, mais elle avait également écrit qu'elle ne savait pas s'il se doutait de ses sentiments ou si elle restait une admiratrice secrète. Cette fille est très mystérieuse quand il s'agit d'amour. Dans ma réponse, je lui avais demandé sa description physique, et s'ils avaient discuté de sujets profonds. Je lui avais aussi dit de m'écrire toute l'histoire, sans omettre les dialogues ni rien d'autre, et de rendre son récit intéressant. Ainsi, je mémoriserai ses répliques, pour les utiliser la prochaine fois qu'un garçon voudra me parler.

Mr. Soper et moi emportâmes les résultats des tests dans son bureau pour les étudier. Alors que lui parcourait les pages, la question de savoir à quoi ressemblait le monde à travers un microscope me taraudait tellement que je la posai à voix haute, mais Mr. Soper ne réagit pas. Au lieu de cela, il me tendit une partie des résultats du laboratoire que je devais retranscrire à la machine : des feuilles tachées remplies de tableaux et de graphiques avec des relevés détaillés de chaque échantillon, le tout dans une écriture manuscrite de très mau-

* NdT : le jour de Christophe Colomb (*Columbus Day*) est un jour férié célébré le deuxième lundi d'octobre aux États-Unis, ainsi qu'en Amérique latine et en Espagne, en commémoration de la date d'arrivée de Christophe Colomb dans le Nouveau Monde en 1492.

vaise qualité, avec des colonnes et des diagrammes que je peinais à comprendre. Mr. Soper me montra les lignes à suivre.

– Nous cherchons une identification formelle, expliqua-t-il. Quelque chose qui indiquerait que la fièvre typhoïde peut être présente dans les produits alimentaires ou les matières organiques que nous avons prélevés.

Tout en les tapant à la machine, j'examinais chacune des pages qu'il me donnait. Je m'attendais à trouver au moins une source positive, mais chacune d'entre elles se révéla négative. Quand je lui fis part de cette conclusion, Mr. Soper vérifia les résultats, la frustration déformant ses sourcils. Cette nouvelle information sembla le pousser à travailler encore plus dur, à chercher encore plus loin une réponse à cette interrogation. Il dit que nous devons y retourner et demander d'autres détails quant au calendrier de la famille : ce qu'ils avaient fait, les personnes qu'ils avaient vues, pour comprendre comment la maladie s'était propagée dans leur foyer.

Ces voyages à Long Island commencent à me peser. Ce n'est pas tellement le voyage en lui-même, mais plutôt les enfants qui accourent vers la porte, leur bouche montrant des signes d'impatience, la courbure inquiète des sourcils de Mrs. Thompson lorsque nous revenons une nouvelle fois sans avoir découvert quoi que ce soit. Une journée de plus durant laquelle ils doivent rester chez eux, loin de leur maison de la ville, de leur école et de leurs amis.

Les indices peuvent venir des endroits les plus étranges. Après avoir fait des courses pour Mrs. Zanberger un soir (elle était rentrée de l'hôpital et jouait le rôle de l'invalide à merveille), je m'étais assise avec elle dans sa cuisine pour éplu-

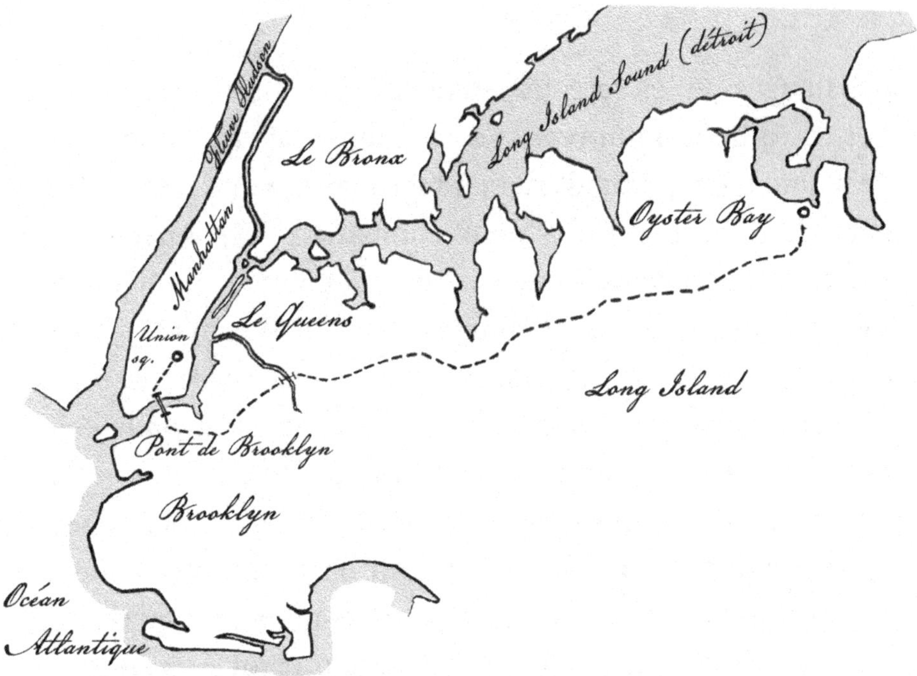


cher un sac de pommes de terre de deux kilogrammes, car ses mains lui faisaient trop mal. Durant ma tâche, elle me posa des questions sur le travail que j'effectuais pour le département, et je lui parlai de notre affaire. Elle me raconta alors que son cousin avait attrapé la fièvre typhoïde en remontant un casier de palourdes dans la Sheepshead Bay. La totalité de son voisinage, ou presque, était tombée malade à cause de ces palourdes. Je rapportai ce nouveau fait à Mr. Soper, ce qui lui illumina les yeux. Il se mit à étudier ses notes une nouvelle fois, en disant que les coquillages qui vivent au fond des eaux sont une source connue pour la maladie et que, dans les semaines suivantes, nous analyserions cette piste par le détail. Une chaleur m'envahit, de la fierté, j'imagine, car j'avais enfin quelque chose à lui proposer.

Je pense plus souvent à mon père et à mon frère dernièrement. Ce ne sont pas vraiment des pensées, mais plutôt des images. Je les retrouve dans les garçons et les hommes qui travaillent au bureau. Ce que Benny aurait pu devenir. Ce à quoi papa pourrait ressembler maintenant. Quand mon père était parti à Cuba pour combattre l'Espagne, j'avais ressenti une certaine obscurité en lui, comme si une ombre s'était emparée de lui et refusait de le laisser vivre. Je crois que j'étais perdue et furieuse qu'il choisisse de partir, je ne pouvais pas lui parler, en tout cas pas assez pour comprendre cette obscurité. Je me rappelle m'être demandé : « Et nous ? » Avec les années, je lui avais inventé des raisons pour son départ : grand-père s'était battu durant la guerre de Sécession, c'était peut-être pour cela que mon père voulait se battre lui aussi. C'était peut-être un moyen pour lui de ressentir qu'il pouvait en sortir vainqueur après avoir perdu face à la mort de Benny.

Ou je ne le comprendrai peut-être jamais.

Même si je pense davantage à mon père et à mon frère, cet emploi me permet de moins ressentir le vide qu'ils ont laissé derrière eux. Mes journées sont remplies de travail, d'écriture, de découvertes et d'organisation et, quand je rentre, j'ai envie de passer mes soirées et mes week-ends à remplir mes propres dossiers personnels dans ce journal. La douleur causée par la perte de papa et de Benny a été submergée par l'activité de mon esprit et de ma main. Je suis reconnaissante envers Mr. Soper. Grâce à la difficulté des tâches qu'il me confie, chaque moment de la journée représente une nouvelle énigme qui absorbe totalement mes pensées. C'est exactement le type de travail dont j'avais besoin, le défi qui m'aidera à dépasser mes vieilles peines.

## 2 novembre 1906

Marm m'a autorisée à me servir de mes deux premières semaines de paie pour améliorer ma garde-robe, j'allai donc chez *Macy's* et achetai trois chemisiers (un vert menthe, un jaune pâle et un couleur pêche) ainsi que deux jupes marron en tweed, qui font plus professionnelles que mes jupes d'école. J'utilisai mon dernier sou pour surprendre Marm avec une part de son cheese-cake préféré de la pâtisserie *Rosario*. En quittant le magasin, je vis un visage familier assis à l'une des tables, seul face à un gigantesque bonbon au chocolat. J'eus quelques difficultés à replacer ce visage, puis cela me revint enfin : c'était Josephine, de l'école. L'école est vraiment la dernière chose à laquelle je pense en ce moment mais, en revoyant Jo, tout resurgit d'un coup, les camarades faciles à aborder, le travail peu exigeant.

Ma tristesse.

En essuyant les traces sur ses lèvres, Jo me demanda ce qu'il m'était arrivé. Il semblerait que Mrs. Browning fasse comme si je n'avais jamais existé, et les filles se demandaient si elles n'allaient pas venir chez moi pour voir si tout allait bien. Jo me demanda si j'étais malade : je pense qu'elles avaient peur que je fusse morte. Je lui racontai la dispute entre Marm et Mrs. Browning et lui expliquai mon nouveau travail. Elle me proposa de l'aider à terminer sa friandise.

Elle voulait que je les accompagnasse, elle et les filles, lors d'une balade en calèche à Coney Island ce dimanche, mais je lui parlai de mes obligations, que je devais mettre mon journal à jour. Je lui expliquai à quel point mes notes étaient importantes pour moi, puis m'arrêtai quand je vis ses yeux se lever au ciel. Elle me dit qu'elle était fiancée à Will Stryker, la date du mariage étant arrêtée un mois plus tard. Quand je lui demandai pourquoi ils étaient si pressés, toutes les couleurs du soleil levant apparurent sur les joues de la pauvre fille, et je ne lui dis rien de plus.

Voir tant de filles de mon âge, ou presque, avoir des enfants, cela me pousse à m'interroger. En aurai-je un jour ? J'y avais réfléchi, et il y a trois raisons pour lesquelles avoir un enfant me paraît si incongru : (1) j'ai vu la souffrance que peut causer la naissance d'un bébé, et le taux de mortalité m'inquiète : avant d'en savoir plus sur les raisons pour lesquelles les mères et les enfants meurent, je ne sauterai pas le pas ; (2) je veux avoir une vie à moi, et non la donner à une créature impuissante qui aura besoin de moi pour tout : nourriture, réconfort, bain, gîte ; et enfin (3) alors que je serais curieuse d'observer le processus d'un enfant grandissant en moi (cellule après cellule ?), l'idée que sa chair, ses os et ses muscles me repoussent vers l'extérieur pour qu'il ait la place nécessaire me met quelque peu mal à l'aise.

J'avais parlé de mes réflexions à Marm, et elle les avait reçues avec calme. Puis elle m'avait dit que, si je ressentais cela, c'était que je n'avais pas encore trouvé le prince charmant. Je pouvais presque ressentir sa douleur, tout comme celle qu'éveillait le départ de mon père. Et je me demande si cela est bien vrai : est-ce que je n'ose pas aimer quelqu'un comme le font les autres filles de mon âge ? Quand je pense à aimer un garçon, il y a cet endroit dans ma poitrine qui a tendance à se tendre, et la question suivante me vient : si je devais en venir à aimer quelqu'un, si je devais permettre à cette chaleur de m'habiter, est-ce que lui me quitterait aussi ?

Ma solitude m'est parfois écrasante, mais j'ai peur que la perte de quelqu'un soit encore pire.

## 5 novembre 1906

Après les résultats négatifs des tests, Mr. Soper et moi retournâmes une nouvelle fois à Long Island pour reparler à la famille et à ses serviteurs et pour enquêter dans les fermes et les établissements alimentaires voisins.

Une vieille dame indienne avec deux longues tresses et des vêtements brodés de couleurs vit dans une tente sur le bord de mer et vend des fruits de mer à toute l'Oyster Bay. Elle nous permit d'effectuer quelques prélèvements, mais elle indiqua également que, si ses aliments avaient été contaminés, la totalité du voisinage serait tombée malade. Mr. Soper lui demanda si elle pêchait seule ou bien si elle travaillait avec quelqu'un d'autre dans la baie qui pourrait vendre des crustacés à la famille. Elle répondit qu'elle travaillait seule, vendait seule et que personne n'avait jamais contracté une fièvre après avoir mangé ses denrées. Nous vérifiâmes les dossiers médicaux du voisinage, et elle avait raison. Les familles alentour avaient contracté la tuberculose, un cas de vérole, un de polio, mais personne d'autre dans l'Oyster Bay n'avait eu la typhoïde cet été.

Nous prîmes nos prélèvements et allâmes voir deux fermes de la zone. Jamais auparavant je n'avais eu l'opportunité de me tenir près d'un groupe de vaches : leur taille et leur odeur me saisirent. Elles avaient l'air tellement étranges, avec leurs yeux qui pleuraient, leur tête pleine de pelage et toute plate qui cognait dans leur box pour attirer l'attention, leur longue langue qui pendait, leur bouche qui laissait échapper de la salive. Les poulets couraient à nos pieds ; des chats, le ventre à terre, se déplaçaient furtivement à leur suite. Dans le box des agneaux, je fus prise d'une pointe de culpabilité en observant ces innocentes créatures. Je repensai à Anushka visant l'une de ces bêtes de son fusil, je m'imaginai leur peau en train d'être retirée, leur corps découpé et cuit. Je m'interroge : est-ce que nous, les citadins, nous sommes trop gâtés ? J'ai souvent mangé du ragoût d'agneau, mais j'achète le bouillon à Mr. Barren. Je n'ai jamais regardé l'animal dans les yeux.

Je pense que le fait de vivre si près des animaux qu'elle consomme a changé la façon de vivre d'Anushka. Me trouver dans ces fermes m'a donné une petite idée des différences qui existent entre la vie d'une jeune fille citadine et d'une campagnarde. Comme elle a dû s'adapter ! Je me demande bien comment va se passer ma visite.

Aurons-nous toujours ce même attachement l'une pour l'autre après une si longue séparation ?

## 7 novembre 1906

J'étais tombée sur la plus incroyable des coïncidences aujourd'hui, une de ces coïncidences qui vous retourne, tout simplement. En tapant ses vieilles notes, je découvris que le premier cas de fièvre sur lequel Mr. Soper était intervenu l'avait conduit à Cuba en 1898, l'année de la guerre qui nous avait opposés à l'Espagne. Cela m'estomaquait tellement que je ne pouvais pas décoller les yeux de la page.

Mr. Soper et mon père étaient à Cuba en même temps.

Qu'il ait pu croiser papa me choque ! J'aimerais tellement demander à Mr. Soper s'il a des informations à son sujet, mais j'ai l'impression que formuler cette question est au-dessus de mes forces, tout cela est bien trop proche, bien trop privé.

J'ai peur que cela donne l'impression que mon père s'est enfui et nous a abandonnées.

Je dois faire taire ce chamboulement qui fait rage en moi. Mr. Soper pourrait bien disposer d'importantes informations sur papa, il pourrait même savoir où il se trouve !

Mais je vais me montrer patiente, le moment viendra un jour, le bon moment. Mais ce moment n'est pas encore arrivé.

Mr. Soper travaille depuis des années à repousser les épidémies, même s'il doit tous les jours faire face à l'idée qu'il est impossible de débarrasser l'espèce humaine de la maladie. Il veut que j'apprenne de ses expériences en retranscrivant et en classant toutes les enquêtes sur lesquelles il a travaillé. Ce n'est pas une mince affaire quand on voit sa calligraphie : des lettres petites et serrées, des mots dans la moindre marge, des cartes dessinées à main levée avec des taches d'encre, le tout de la main de Mr. Soper lui-même. C'est un homme tellement parfait dans tous les autres aspects mais, en faisant l'expérience de son écriture, j'ai l'impression d'avoir découvert une grande déchirure dans un costume dispendieux. Ce n'est pas étonnant qu'il ait voulu engager une fille qui sait se servir d'une plume et d'une machine à écrire.

À Cuba, mon chef avait observé les hommes et avait réalisé que la fièvre jaune se répandait par contagion : les soldats se battaient si près les uns des autres, en partageant nourriture et eau, qu'ils se transmettaient la maladie. Alors, Mr. Soper avait eu une idée réellement révolutionnaire : il avait mis en place un moyen de séparation, maintenant les malades à distance des hommes en bonne santé, afin d'analyser l'évolution de ce que l'on appelle les bactéries. Je commence à comprendre que ce sont ces bactéries, ou des germes, qui causent ces maladies. Il appelait cette méthode de tuer les germes l'« antisepsie ».

Je me demande bien à quoi peuvent ressembler les bactéries, et comment elles peuvent se transmettre d'une personne à l'autre lors d'une contagion.

Il y a eu d'autres cas d'épidémies de fièvre : treize mille personnes malades en 1903, six cents en 1904. J'imagine que nous pouvons nous estimer chanceux qu'il n'y ait que neuf personnes malades et aucun mort dans notre cas de typhoïde. Mr. Soper ne pense pas que les membres de la famille Thompson se sont transmis la maladie les uns aux autres comme cela avait été le cas avec les soldats. Il dit que, comme les Thompson ont eu les symptômes presque en même temps, chaque membre avait dû contracter la maladie d'une source individuelle de nourriture ou d'eau. Cela me paraît logique, en effet.

Je vois tellement de choses de Mr. Soper dans ses archives, la façon dont son esprit fonctionne, découpant chaque nouvelle information, la réduisant à quelque chose de plus fragmentaire pour l'analyser de plus près, pour y réfléchir et s'en inquiéter comme d'une dent sensible. Son esprit ne lâche pas aisément prise sur les informations, surtout sans les avoir totalement comprises auparavant. C'est pour cela qu'il est si doué dans ce qu'il fait ; c'est pour cela que je suis heureuse de pouvoir l'observer, apprendre de lui et écouter sa voix grave m'expliquer des choses difficiles tous les jours.

## *8 novembre 1906*

Drôle de matinée.

Travailler dans une telle proximité avec des hommes, en croiser quotidiennement, leur comportement les uns envers les autres et avec moi me fait réfléchir à nos différences. Nous avons été créés comme deux moitiés qui, une fois combinées, ne font qu'un. Nos esprits sont censés se compléter, les femmes élèvent, les hommes fournissent, et pourtant ce concept naturel me consterne, car il me paraît si faillible. Il me semble parfois que nous sommes aussi opposés que des chevaux et des lapins. Si nous sommes destinés à vivre ensemble, pourquoi nos relations sont-elles si compliquées ?

Je pense à cette grande question aujourd'hui, car tout d'abord j'ai reçu une lettre d'Anushka, mais aussi parce que j'avais croisé ce matin ce scientifique un peu particulier qui travaille dans le laboratoire et qui m'avait proposé de regarder dans son microscope. Je sentais que quelqu'un me regardait alors que j'achetais des œufs chez la marchande de la rue Hester. Il se trouvait là, tenant un journal qu'il avait attrapé sur le stand, et m'observait derrière les pages. Il me regardait d'une façon qui me semblait bien trop ouverte et familière pour être correcte.

Il me salua également d'une façon bien trop informelle :

– C'est marrant de te trouver ici, Prudence.

Son regard soutenu me donnait mal au ventre, mais j'acquiesçai poliment.

– Je vis dans la rue Essex, ajouta-t-il. Je vis seul.

Ce que ces mots impliquaient me mit mal à l'aise. Je commençais à m'éloigner de lui quand il m'arrêta :

– Eh, vous savez, vous n'étiez pas la seule à candidater au poste d'assistante de Soper. Mon ami aussi a postulé, et il aurait dû l'avoir. Il est comme moi, un scientifique.

J'avais du mal à respirer. On ne m'avait jamais dit que quelqu'un d'autre du département avait postulé. Je n'étais pas certaine qu'il me disait la vérité. Le garçon poursuivit :

– Mr. Soper vous a engagée parce qu'il aime bien s'entourer de jolies filles.

J'avais l'impression d'être insultée alors qu'il essayait maladroitement de me faire un compliment. Je me retournai pour faire complètement face à ce malotru et lui demandai :

– Est-ce que votre ami peut taper quarante mots à la minute, écrire lisiblement sous pression et fouiller un champ d'épuration ?

Il se mit à rire. Je me détournai rapidement et me dépêchai de mettre de la distance entre nous deux.

Je ne me rappelle pas avoir déjà passé un tel moment avec un jeune homme auparavant, il semblait regarder à travers moi. Et je suis persuadée qu'il m'a menti à propos de l'autre scientifique, dans l'unique but de me faire enrager.

La pauvre Anushka ne paraît, elle non plus, pas prête à bien se comporter en compagnie des garçons. Elle m'avait écrit que son amie Ida lui avait confié qu'elle aussi aimait ce garçon, ce Randall. Mais elle n'en avait rien dit à Anushka de peur que cela ne gâchât leur amitié. Je me demande alors : est-ce que cette nouvelle amitié vaut la peine d'être entretenue ? Il semblerait qu'Ida connaissait les sentiments d'Anushka avant même de lui annoncer les siens, mais elle l'aime tout de même et ne peut pas garder ce qu'elle ressent pour elle. Je pense que si elles aiment effectivement toutes les deux le même garçon, elles devraient aborder ce dilemme avec Randall lui-même. Laissons les sentiments s'exprimer totalement, faisons-les ressortir à la vue de tous, mettons un peu de sel dans la plaie. Une solution douloureuse, mais rapide. De toute façon, c'est lui qui choisira l'une ou l'autre de ces demoiselles.

Sans compter que je suis de moins en moins convaincue que les garçons valent tant de peine. Vraiment, de moins en moins.

## *11 novembre 1906*

Je restai travailler au bureau au-delà de 23 heures, je mettais la pléthore de notes au propre pour que Mr. Soper pût les lire le lendemain matin, comme tous les matins. Dans chaque tableau, les aliments sont classés : produits laitiers, viandes, légumes, fruits ; produits cuisinés ; aliments séchés, bouillis, congelés ; et qui a mangé quoi et quand. Un élément continue à apparaître partout, classifié dans les laitages, les fruits et les congelés et consommé lors du dîner, des en-cas et même du petit-déjeuner. J'avais remarqué qu'il revenait plus fréquemment que les autres. Je notai les heures et les jours, et il semblerait que tout le monde dans la famille, et ce sans aucune exception, eût mangé de la glace aux pêches une semaine avant de tomber malade.

Je montrai les tableaux à Mr. Soper et lui indiquai à quel point ce parfum de crème glacée en particulier était populaire auprès des Thompson. Une telle étincelle jaillit dans ses yeux que j'en eus le souffle coupé. Rien que d'y repenser encore maintenant, cela me fait sourire. Il avait dit que nous creuserions cette piste la semaine suivante.

J'ai parfois un curieux sentiment quand je suis au bureau, comme si j'oubliais jusqu'à mon existence tellement je suis plongée dans ma retranscription de notes. J'ai l'impression de ne plus être moi-même, mais plutôt de faire partie de quelque chose de plus grand, d'une machine gigantesque fabriquée à partir de nombreux éléments qui fonctionnent à la perfection. Une machine de la connaissance qui fait avancer nos vies d'une manière importante. C'est dans ces moments-là, quand je fais avancer notre travail, que je me sens la plus heureuse.

Marm, quant à elle, apparaît en moins bonne forme. J'ai le sentiment qu'elle commence à se sentir seule maintenant que je suis moins avec elle. Quand je rentre à des horaires normaux, l'appartement me semble vide. La pièce de devant, où j'écris près de la fenêtre et où je dors près du poêle et où nous rangeons nos affaires de cuisine et de toilette, est calme et ne semble pas dérangée. La petite pièce où Marm dort reste dans la pénombre. Les soirs, quand nous sommes toutes les deux à la maison, nous nous asseyons d'ordinaire à la table en bois, faisons bouillir un thé à la rose dans lequel nous trempons le pain de la veille qui va à ravir avec du *schmaltz* chaud et parfumé étalé dessus. Nous nous échangeons les journaux que nous avons empruntés ou un occasionnel magazine à la lumière de la lampe à gaz. Les nuits où je rentre tard, je ne sens aucune odeur de cuisine dans l'appartement et je retrouve Marm endormie dans la pièce à l'arrière, dans la pénombre. Quand elle m'entend, elle se réveille et sort de la chambre. Je la retrouve les yeux gonflés et rouges et les cheveux en bataille. Sa beauté naturelle semble alors s'être évanouie, la jolie couleur rose de ses joues et de ses lèvres, effacée. La voir ainsi m'émeut, et je lui demande si quelque chose ne va pas, mais elle me répond que non, et elle s'active dans l'appartement : elle allume le poêle, réchauffe la graisse de poulet et le pain. Elle me nourrit et me pose beaucoup de questions sur mon travail. Elle se concentre d'ailleurs sur Mr. Soper et le comportement qu'il a envers moi, comme si elle avait toujours à l'esprit les répugnants mots de Mrs. Browning. Je lui dis que Mr. Soper s'inquiète davantage du système d'assainissement des eaux usées que du genre féminin. Je lui parle de notre affaire. Cette nuit, je lui avais décrit la très probable avancée que nous avions faite, grâce à la piste de la glace aux pêches. Plus je lui parlais, plus elle se détendait et souriait, et elle semblait rassurée à l'idée que nous avions pris la bonne décision.

J'ai peur que ma vie professionnelle ne m'écarte trop de ma vie personnelle, comme ces personnages dans le roman que je suis en train de lire, *La Jungle* de Mr. Sinclair. C'est une histoire terrifiante, mais elle paraît tellement réelle. Les immigrants lituaniens me rappellent tant mes voisins en difficulté : trop d'étrangers exploités vivant les uns sur les autres, partageant leurs coutumes et la puanteur du chou bouilli dans les couloirs. Comme nous avons de la chance, Marm et moi, d'avoir notre minuscule appartement rien que pour nous deux. Je n'envie pas les difficultés que peuvent endurer mes voisins quand ils arrivent dans un nouveau pays, dont ils ne parlent pas la langue, ne maîtrisent pas les coutumes et dans lequel ils doivent parfois cacher leurs croyances. Nous donnons tous l'impression de venir d'ailleurs, sauf les Indiens bien sûr. Avec leurs vêtements et leurs traits exotiques, pourtant, ils semblent être les plus étrangers de tous.

J'ai la sensation que les choses changent pour Marm et moi, comme la lumière au passage des saisons. Les rayons deviennent plus blancs quand vient l'hiver, ils s'amincissent et se séparent. Nous ne passons plus assez de temps ensemble. Même si nous avons plus d'argent grâce à mon travail, nous ne sommes pas sorties du tout. J'aimerais être plus disponible pour Marm, en faire davantage pour elle, je pense qu'elle vieillit et se fatigue. Je dois m'efforcer de passer du temps avec elle, si je le peux.

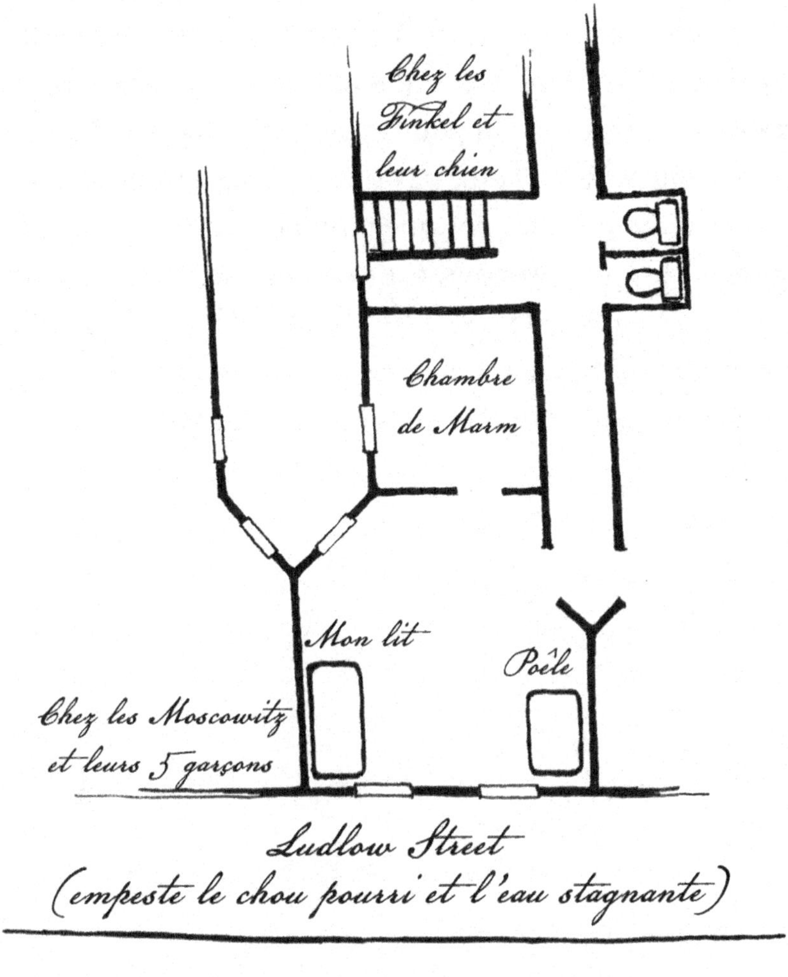

## 14 novembre 1906

Je ne sais pas bien comment cela s'est produit, mais il semblerait que l'étrange scientifique s'intéresse sérieusement à moi, même si je ne peux pas dire que ce sentiment soit réciproque. À mon plus grand embarras, il m'avait attendue deux fois après le travail pour me raccompagner à la maison cette semaine. Je ne veux pas que Mr. Soper me voie m'associer à lui ; je ne crois pas que mon chef apprécie beaucoup ce garçon. Je l'avais repoussé, mais il me suit partout comme un chiot. Son regard me perturbe, et l'idée qu'il me touche me dégoûte. J'imagine que je ne peux rien faire de plus que l'ignorer, et peut-être me laissera-t-il tranquille ?

## 16 novembre 1906

Une cuisinière avait apparemment travaillé pour la famille Thompson en août et personne n'avait pensé à la mentionner. Quand nous posâmes des questions spécifiquement sur la glace aux pêches, ils se rappelèrent tous cette femme qui l'avait confectionnée. Mrs. Thompson parcourut ses archives et retrouva toutes les informations nécessaires la concernant. Elle nous dit que son nom était Mary Mallon, et elle nous la décrivit comme étant une femme dans la quarantaine, grande, trapue, irlandaise d'Irlande, en très bonne santé, et sans lien aucun avec une crise de typhoïde. C'était une femme qui parlait peu. Apparemment, elle cuisinait des plats corrects sans rien dire et se retirait dans sa chambre quand son travail était terminé. Elle ne se démarquait dans l'esprit de personne (si ce n'est pour sa glace) et elle était partie au bout de trois semaines, peu après l'apparition de la maladie.

Mr. Soper pense que cette cuisinière, Mary, pourrait très bien être la clef de notre affaire. Mais il y a un problème : impossible de la trouver. Elle avait changé de bureau pour l'emploi et celui qui l'avait embauchée après son travail chez les Thompson n'a aucune nouvelle d'elle. On nous dirigea vers les *Handy Helpers* de Mrs. Cleanglove, mais ils ne savaient rien d'elle non plus. Le monsieur que nous y avions rencontré était très ouvert et nous avait fourni une liste des résidences où elle avait travaillé à son compte durant les cinq années précédentes. Mr. Soper se demande si elle ne serait pas tombée malade ou si elle aurait quitté la ville, auquel cas notre piste ne déboucherait sur rien. Il avait dit que nous lancerions, ce lundi, une recherche poussée pour retrouver cette femme et que nous nous déplacerions physiquement de maison en maison jusqu'à y parvenir.

Cette cuisinière n'a aucun lien avec la typhoïde ni même de maladie importante, je ne comprends donc pas bien pourquoi Mr. Soper pense qu'elle est la clef de cette affaire. Habituellement, la typhoïde est transmise par une personne qui souffre de la maladie. Puisque cette femme n'était pas tombée malade chez les Thompson et n'avait jamais contracté la fièvre, je n'arrive pas à suivre la pensée de Mr. Soper.

J'ai peur que nous nous dirigions droit vers une autre impasse.

## 23 novembre 1906

Des rubans blancs enserrent mon cœur alors que nos travaux avancent, des rubans de mauvais augure qui m'effraient.

Nous avions commencé à chercher Mary Mallon à partir des seules informations dont nous disposions : les archives des familles pour lesquelles la cuisinière avait travaillé durant les cinq années précédentes. Nous avions décidé de rendre visite à chacun des foyers de la liste. Mr. Soper souhaitait savoir s'ils se rappelaient la cuisinière et s'ils savaient quoi que ce fût des lieux qu'elle avait fréquentés ou qu'elle fréquentait encore.

J'avais peur que ce fût une recherche à l'aveugle qui ne mènerait à rien. Qui se rappellerait une cuisinière travaillant là cinq ans plus tôt, et pourquoi continuerait-on de s'en inquiéter? Et comment expliquerions-nous le but de notre recherche? Cette femme n'ayant pourtant jamais été malade transporterait-elle la maladie tout de même?

Mais l'intuition de Mr. Soper était la bonne.

Dans la première maison, une servante renfrognée nous ouvrit, mon chef se présenta et expliqua que nous étions du département de la Santé et de l'Hygiène et que nous étions à la recherche d'une certaine Mary Mallon. Le visage de la fille se ferma complètement, et elle dit qu'elle ne savait rien de la cuisinière. Cela nous arriva plus d'une fois la même semaine. J'ai l'impression qu'il y a comme un code du silence entre ces serviteurs : au moment où ils sentent le danger, leur visage se referme comme une palourde irritée. Une fois leur maître découvert, l'histoire éclate au grand jour. La maîtresse des lieux descendit des escaliers et, quand nous lui posâmes la même question, ses yeux s'illuminèrent :

– Mais bien évidemment, Mary Mallon ! s'exclama-t-elle. Elle a été d'une aide précieuse quand les enfants sont tombés malades.

Elle se retourna vers la servante et ajouta :

– Tu te souviens, Sally ? Toi aussi, tu étais malade, et Mary s'est occupée de toi.

– Quelle maladie ? demanda Mr. Soper.

– Mais la fièvre typhoïde, répondit la dame. Elle nous a frappés après l'arrivée de Mary, deux ou trois semaines plus tard, je crois. C'était la fin de l'automne de cette année-là, et il faisait un froid de loup dehors. Elle est restée avec nous environ six mois, jusqu'au printemps 1903, quand nous sommes arrivés ici. Pour une petite Irlandaise, c'était un vrai trésor. Les enfants l'adoraient.

Je pouvais voir Mr. Soper pâlir. Il voulut savoir combien de membres du foyer étaient tombés malades, alors elle compta sur ses doigts : ses deux enfants, la servante et la lavandière.

– Tout le monde est rétabli ? s'enquit-il.

– Mais bien sûr.

Il demanda également où nous pouvions trouver Mary désormais, mais elle n'en savait rien. Elle mentionna un autre bureau pour l'emploi qui avait placé la cuisinière dans son poste suivant. Elle désirait savoir si nous avions besoin d'une recommandation pour les services de Mary et précisait qu'elle serait heureuse de la rédiger. Mr. Soper déclina poliment son offre. Nous souhaitâmes une bonne journée à la dame et partîmes.

À bord du train suspendu qui nous menait à la famille suivante, nous étions tous les deux trop surpris pour dire quoi que ce fût. J'avais le sentiment que l'hypothèse de Mr. Soper se révélait exacte. Ce n'était pas un sentiment agréable, il était même quelque peu détestable. Car, si cette femme porte la maladie, nous n'avons aucune idée d'où elle se trouve. Et une question encore plus importante se pose : comment peut-elle porter la typhoïde sans même l'avoir contractée ?

Nous atteignîmes la maison suivante, dont la maîtresse se souvenait, elle aussi, de Mary, et de la maladie. Mais ici, une fille de dix-huit ans avait succombé à la fièvre. La nouvelle m'attrista profondément, une fille de mon âge ou presque, morte.

Le jour suivant, nous continuâmes notre liste, et oui : à chaque fois, ils avaient contracté la fièvre, et la cuisinière les avait soignés ou était partie peu après. Des neuf foyers que nous avions visités la semaine dernière, six avaient souffert de la fièvre typhoïde quand Mary cuisinait pour eux. Les trois autres ne nous répondirent pas.

En tout et pour tout : vingt-sept malades, un décès. Et ces chiffres ne proviennent que des familles que nous avions pu interroger.

À la fin de la semaine, Mr. Soper semblait avoir reçu un coup de poing. Il était assez évident qu'il lui était douloureux que cette idée révolutionnaire lui fût confirmée. Je ne savais pas comment le consoler, je ne savais pas non plus comment résoudre mon mal-être.

Une fois la dernière famille interrogée, mon chef me fit assoir dans notre bureau et m'expliqua la toute nouvelle théorie scientifique qui était au cœur de notre recherche. Le Dr Koch, un scientifique allemand, avait mis l'idée suivante en avant : une personne en bonne santé peut transporter en elle une maladie sans en souffrir et la transmettre sans même le savoir, la transformant en porteur sain. Voilà une théorie que je ne parviens simplement pas à comprendre. Si cela est vrai, alors comment Mary est-elle entrée en contact avec la maladie? Pourquoi ne tombe-t-elle pas malade? Pourquoi la maladie ne s'en va-t-elle pas d'elle-même une fois qu'elle a suivi son cours?

Ces nouvelles, cette piste de fièvre et de mort, m'ont anéantie et attristée.

Le défi qui nous reste à relever est de retrouver cette insaisissable cuisinière et de dépister les germes de la typhoïde en analysant ses fluides corporels. Mr. Soper m'a chargée d'appeler tous les bureaux pour l'emploi la semaine prochaine et de ne renoncer qu'une fois que je l'aurais retrouvée.

## 30 novembre 1906

*En traversant* le Cherry Park hier, je croisai un chien malade expulsant de son corps des créatures semblables à des vers. C'était une chose particulièrement désagréable, mais j'étais comme attirée par la vue de ces vers gesticulant au sol après le départ du chien et de son maître. Je me posai des questions sur ma propre fascination et sur ce besoin trivial qui est d'observer des excréments dans la boue. Je me demandai ce que feraient, si elles me voyaient, mes camarades de classe ou, pire encore, Mrs. Browning. Mais une pensée encore plus prégnante s'empara de moi, une illumination qui était trop puissante pour que je pusse m'en détourner.

La voici : ces vers me démontrèrent la théorie scientifique de Mr. Soper.

Ils me démontrèrent comment une créature peut vivre dans une autre et s'en repaître. Une fois repue, la créature est rejetée dans la nature via des déjections, et un autre animal peut alors en être infecté. La façon dont se répand la fièvre me devint évidente : si la cuisinière va aux toilettes sur son lieu de travail sans pour autant se laver les mains correctement avant de retourner en cuisine, elle transmet la créature de la typhoïde, la bactérie comme dit mon chef, de son corps à celui des habitants du foyer. Mr. Soper m'avait expliqué que ces germes sont en forme de nouille, et peut-être ont-ils des membres pour se déplacer ? C'est fascinant comme le vivant peut vivre en nous. Mais je ne comprends toujours pas comment Mary n'est pas elle-même malade.

Je dois réussir à le découvrir si je le peux.

J'aimerais beaucoup me glisser dans le laboratoire et regarder dans un microscope pour voir, moi-même, à quoi ressemble le germe de la typhoïde. Mais Mr. Soper n'avait pas encore répondu aux questions subtiles que je posais à cet effet. À la vérité, il m'avait forcée à appeler, toute la semaine durant, chaque bureau pour l'emploi de la ville à la recherche de Mary Mallon.

Je n'avais encore jamais utilisé un téléphone et l'idée m'enthousiasmait au début ; j'avais l'impression qu'une voix se matérialiserait comme par magie au bout du fil. En vérité, recevoir une réponse nécessite un réel labeur manuel. Il faut remonter le levier sur la boîte cubique pour parler à la standardiste. Et le combiné… j'ai toujours l'impression de tenir un fer à mon oreille ! La moitié des employeurs que je parvenais à joindre semblait me répondre depuis le fond d'une rivière, et l'autre moitié donnait l'impression d'avoir des cordes vocales en acier. La plupart du temps, je devais crier ou répéter ma question et je devais serrer le combiné si fort contre mon oreille pour entendre la réponse que j'avais l'impression d'avoir été battue. J'avais étudié cet instrument, le boîtier, les fils, le combiné en métal, et je ne comprends toujours pas comment une voix peut voyager à travers tout cela. Mr. Soper m'avait expliqué que le téléphone convertit la voix en impulsions électriques, qui font vibrer le fil et

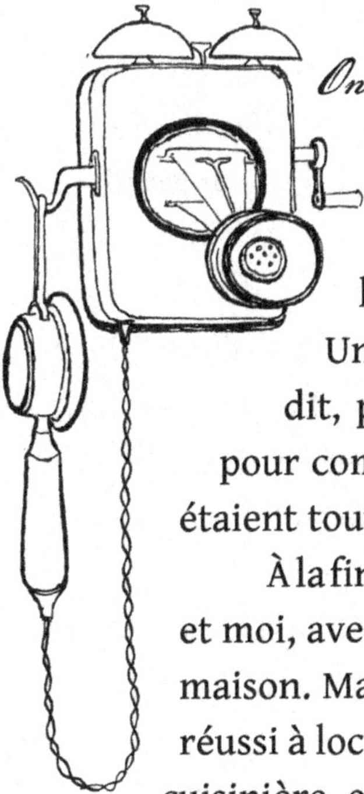

*On appelle ça parler par signal électrique*

qui sont retransformées pour émettre le son de la voix. Cela a un rapport avec les caractéristiques des ondes sonores. Une invention pleine d'affection, avait-il dit, puisque Mr. Bell avait créé le téléphone pour communiquer avec sa femme et sa fille, qui étaient toutes deux sourdes.

À la fin de la semaine, je nous imaginais, Anushka et moi, avec l'une de ces ingénieuses inventions à la maison. Mais plus merveilleux encore, enfin, j'avais réussi à localiser le bureau pour l'emploi actuel de la cuisinière, et tout cela sans même prendre une seule fois le tramway. Grâce au bureau, nous pûmes déterminer qu'elle travaille à présent pour une famille sur la Cinquième Avenue. Mr. Soper passa un peu de temps à réfléchir à la manière de l'aborder.

– J'imagine qu'elle se demande pourquoi la typhoïde la suit sur chacun de ses lieux de travail, dit-il.

– Je pense qu'elle serait heureuse d'apprendre qu'elle porte la maladie et qu'elle la saupoudre comme une épice dans sa cuisine.

*Les impulsions électriques font vibrer le fil*

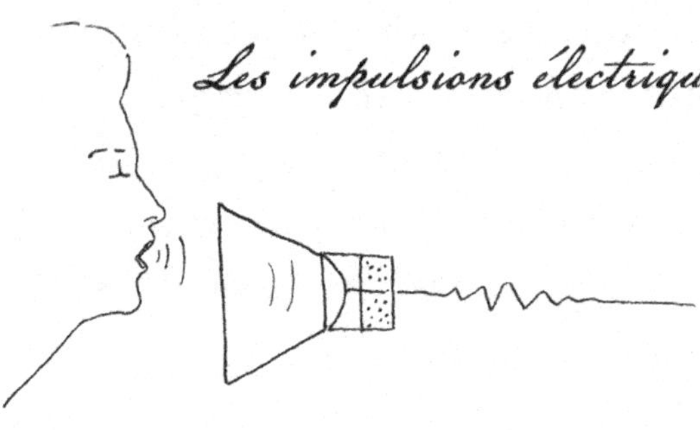

Bien évidemment, je ne cherchais pas à faire une blague, c'était simplement une image qui m'était venue, mais les sourcils de Mr. Soper se froncèrent en entendant mes mots, et il m'aboya vivement dessus :

– Prudence, nous sommes face à une épidémie. Cette femme est très certainement la cause de la mort d'une fille et de la contamination d'autres, et une approche par l'humour ne l'aidera pas à saisir la gravité de la situation. Nous devons trouver un moyen approprié de lui expliquer la situation, pour la lui faire comprendre.

J'entends toujours sa réprimande. Je m'excusai, mais Mr. Soper m'entendit à peine. Je portais mon idiotie au cou, comme une pancarte. Il continua :

– Si elle sait le danger potentiel qu'elle introduit dans les foyers, si elle en est consciente, je suis sûr qu'elle nous aidera. Nous devons la convaincre de l'importance du dépistage, nous devons analyser ses fluides corporels, urine, sang et excréments. Nous devrons faire attention quand nous lui parlerons, car c'est une nouvelle théorie, qui n'a pas encore été prouvée.

– Elle comprendra certainement qu'elle est liée à tout cela d'une quelconque façon, lançai-je, essayant de me rattraper pour ma blague.

– Nous nous approcherons d'elle sur son lieu de travail. Les résultats du laboratoire nous donneront les réponses.

Il reporta son attention sur une autre tâche du bureau, et je l'observai pendant une minute depuis ma machine à écrire. Voilà un homme qui n'avait pas seulement résolu le problème posé par certaines épidémies, mais aussi d'autres questions, comme l'eau courante qu'on avait installée dans les immeubles de mon quartier et les toilettes qu'on était en train de poser en bas, tout cela pour conquérir ces choses qui attirent la mort. Son but est la propreté, une hygiène qui apportera la santé à tous ceux qui vivent ainsi. J'ai parfois l'impression de me noyer dans une mer de l'inconnu, et Mr. Soper est un bateau qui vogue tout près. Je l'appelle, mais ma bouche est remplie d'eau noire, et bientôt il ne m'entend plus. Il semble travailler à toute heure du jour ou de la nuit, il ne parle jamais d'une famille à laquelle il doit retourner, pas même pour les vacances telles que Thanksgiving. C'est la première personne que je rencontre dont je ne peux pas imaginer la vie. Il ne semble jamais fatigué ; il vit pour son métier. J'espère un jour être comme lui, mon âme tout entière tournée vers le travail, à l'exclusion de tout le reste.

Je pense toutefois que je me sentirais seule sans ma famille. Nous avions passé les fêtes avec tante Rachel et oncle David à Williamsburg, et ils s'étaient montrés si généreux. Ils avaient préparé des tartes et des cuisses de dinde, de la purée de patate douce et du *'hallah* pour célébrer l'union des pionniers et de l'homme rouge. Oncle David avait invité un homme de son usine, et je ne sais pas trop quoi penser de lui. Juste après le dîner, Marm s'était assise seule dans un coin, les joues toutes rouges, jusqu'à ce que l'homme en question vînt la voir pour se présenter. J'avais l'impression que cette rencontre entre Marm et cet homme était attendue (je pense qu'oncle David l'avait invité pour cela) et j'observai la réaction de Marm de très près. Cela fait huit ans que mon père est parti et, pendant tout ce temps, l'attention des hommes a coulé sur ma jolie Marm comme des gouttes de pluie. Je pense que mon absence et le vide que je laisse pendant mes longues heures de travail lui ont donné des idées. Peut-être a-t-elle peur que je l'abandonne, peut-être le jour est-il venu, peut-être mon entremetteuse de tante l'avait-elle convaincue cette fois-ci ?

Cette pensée me crispa. Cet homme de l'usine d'oncle David est beau, avec des traits équilibrés et une note de gris dans des cheveux par ailleurs bruns. Ses yeux regardent directement la personne à qui il s'adresse et avec intelligence. Malgré l'inconfort de Marm, il fit montre d'une ténacité impressionnante et aborda une multitude de sujets avec elle. Mais Marm n'est pas comme sa sœur Rachel, heureuse dans son mariage avec le même homme depuis vingt-sept ans. Marm est comme moi, elle a l'habitude d'être seule.

Une belle couleur s'installa sur ses joues alors qu'ils discutaient, et elle riait des choses qu'il racontait. Ses yeux se posèrent sur moi, comme surprise de son rire, presque coupable. Elle semblait pourtant impliquée, heureuse, joyeuse, comme je ne l'avais pas vue depuis longtemps. Je dois avouer que cela m'avait dérangée. J'adorais la voir heureuse, mais je m'inquiétais pour mon père, ce qu'il en dirait, ce qu'en diraient nos voisins. Voir Marm avec un autre homme... Pourtant, même Mrs. Zanberger pense que Marm devrait faire le deuil du retour de mon père...

Avant la fin de la soirée, l'homme avait réussi à arracher une promesse de sortie à Marm.

Je ne peux pas l'imaginer en rendez-vous avec un

homme. Cela ne lui va pas. Elle est occupée, elle est mariée, elle a prononcé un serment jusqu'à la mort...

J'entendis, plus tard, tante Rachel et oncle David parler, dans la cuisine, de Marm et d'un mariage avec cet homme. Ma gorge se serra. Et si cela arrivait et que mon père rentrait et que Marm avait épousé Mr. Silver ? Qu'arriverait-il à mon père ? Que m'arriverait-il à moi ?

L'apparition de cet homme me déchire, je m'inquiète de la solitude de Marm et du cœur brisé de mon père, s'il doit rentrer un jour. J'ai le sentiment que nous devrions l'attendre, seulement Marm et moi, même si cela signifie d'attendre pour toujours. Ses chèques sont un rappel mensuel qu'il existe ; cela maintient l'espoir qu'il nous reviendra, malgré ce que racontent nos voisins et nos amis.

Je parlai de l'homme avec Marm sur le chemin du retour et elle semblait le considérer avec gentillesse.

– C'est un ami, Prudence, une personne attentionnée avec qui parler, quelqu'un qui connaît ta tante et ton oncle, c'est tout.

– Tu semblais lui plaire pourtant.

Elle m'attira vers elle, m'embrassa la joue et nous nous tînmes les mains. Elle continua :

– Je sais ce que tu penses, et il n'y a aucune inquiétude à avoir. Il sait pour ton père. Et il parle uniquement d'amitié.

– C'est tout ?

– C'est tout.

J'ai peur que, parfois, Marm ressente une solitude que même une fille ne peut combler.

Quand je pense à mon père, j'ai l'impression que lui et

moi sommes dans un brouillard épais. Il s'écarte de moi doucement, les contours du brouillard se rapprochant de lui, le rendant de plus en plus compliqué à percevoir. Un jour, j'en ai bien peur, un jour, il se détournera de moi et je le perdrai de vue à jamais.

## *7 décembre 1906*

*Je n'ai* pas réussi à me défaire du regard de cette femme... Le choc tout d'abord, puis elle se referma sur elle-même, comme si ses traits eux-mêmes se refermaient, la colère fonçant encore davantage le brun des taches de rousseur qui jalonnaient son front. Cette peur, d'où vient-elle ? Je n'arrive pas à comprendre cette cuisinière, je ne comprends pas cette affaire ; plus nous avançons, plus je me sens dépassée.

Lundi matin, graves et avec prudence, Mr. Soper et moi prîmes le train suspendu le long de la Sixième Avenue jusqu'à la Cinquante-Septième Rue et traversâmes Central Park à pied pour rejoindre la Cinquième Avenue et la demeure où Mary Mallon travaille. Nous sonnâmes et expliquâmes que nous étions du département de la Santé et de l'Hygiène. Nous avions appris à ne pas expliquer notre but exact avant d'avoir vu le maître de la maison. Un maître d'hôtel très agréable nous invita dans un parloir époustouflant, où il nous demanda de patienter pendant qu'il allait chercher son employeur. Mais sa gentillesse me donna une étrange impression ; il semblait nous attendre. Mr. Soper me lança un regard interrogateur pendant ce temps.

Je ne pouvais m'empêcher d'admirer la brillance polie des meubles, des sols et des vitres. Je me demandais comment une maladie pouvait s'inviter dans des maisons si propres. Comment pouvait-elle survivre dans des lieux où des servantes nettoyaient et briquaient tous les jours ? C'était facile à imaginer dans mon immeuble, où nous vivons si près les uns des autres et pouvons ressentir la toux de l'autre à travers les murs. Mais dans de grandes demeures impeccables habitées par si peu de personnes, comment les bactéries pouvaient-elles vivre ?

Le maître d'hôtel revint et nous indiqua que son employeur arriverait bientôt, dès qu'il aurait terminé de s'occuper de sa femme.

Mr. Soper demanda de quoi souffrait sa femme.

L'homme sembla surpris :

– N'avez-vous pas dit que vous étiez du département de la Santé et de l'Hygiène ?

Il pensait que nous étions là à la demande de son employeur.

– En vérité, nous enquêtons sur une épidémie de typhoïde, répondit Mr. Soper.

– La typhoïde, oui ! s'exclama le maître d'hôtel. C'est cette maladie qui s'est emparée de Madame. Leur fille est à l'hôpital pour la même raison depuis hier soir.

Je ne pus retenir une exclamation ; ce n'était pas professionnel, mais elle m'échappa.

Ce fut à ce moment-là que le maître des lieux arriva dans le parloir et s'écroula dans le canapé ; il était habillé de vêtements et de chaussures de nuit. Il posa son front dans ses mains et soupira :

– Je suis tellement heureux que vous soyez ici.

Mr. Soper s'assit face à lui et expliqua :

– Mon assistante et moi-même suivons la piste d'une épidémie de typhoïde qui a certainement commencé il y a plusieurs années.

– Les vomissements ont commencé après que nous avons transporté Mélissa à l'hôpital, répondit l'homme.

– Veuillez m'excuser, ajouta Mr. Soper. Je dois être clair, je ne suis pas un docteur en médecine.

Le regard de l'homme se releva et Mr. Soper poursuivit :

– J'enquête sur l'épidémie. Notre piste nous a menés ici. Vous avez engagé une cuisinière, nommée Mary Mallon. Nous avons des raisons de penser qu'elle a amené la maladie ici sans le savoir.

– Ma cuisinière n'est pas malade. Elle ne l'a jamais été.

– Je comprends. Nous pensons qu'elle n'a pas besoin d'être malade pour propager la typhoïde.

– Je n'ai jamais rien entendu de tel, dit l'homme.

– Nous demandons simplement qu'elle se fasse dépister dans nos bureaux.

– Mais son bureau nous a dit que la seule maladie qui l'ait jamais affectée était un simple rhume.

Peut-être son inquiétude le distrayait-elle, mais l'homme résistait à l'idée que sa cuisinière pût porter la typhoïde. Mr. Soper insista :

– Nous devons la dépister ; c'est la seule façon que nous avons d'écarter cette hypothèse.

– Je pense que vous perdez votre temps, mais si vous dites pouvoir empêcher la propagation de la maladie...

Il nous conduisit à la cuisine et nous présenta à une femme grande et aux cheveux de feu, qui avait un couteau à la main et un demi-oignon posé sur la planche à découper devant elle. C'était Mary, enfin. Je ne pouvais pas m'empêcher de l'observer. Dans mon esprit, je voyais une Médusa, une vieille sorcière pestiférée avec des dents en moins et de longs ongles sales parsemés de vers. Pourtant se tenait devant nous une femme qui était propre sur elle, majestueuse, les cheveux attachés, le tablier repassé, les ongles taillés et roses.

Mr. Soper commença par lui expliquer que nous venions du département de la Santé et de l'Hygiène de la ville de New York, et elle se remit à couper son oignon.

– Ma cuisine est propre, répliqua-t-elle.

Sa peau ne montrait aucune marque. Même son col était blanchi et brillait.

– Sauf votre respect, miss Mallon, nous pensons que vous transmettez la typhoïde sans même le savoir, lança Mr. Soper.

– Que voulez-vous dire, c'est de ma faute ?

Elle avait un fort accent irlandais.

– Pas un seul jour de ma vie j'ai été malade !

Je ne cherche pas à me moquer de son accent en le rendant ainsi par écrit ; je cherche simplement à restituer ce récit au plus près des faits.

Mr. Soper lui demanda de repenser à sa carrière.

– J'ai travaillé pour une douzaine de familles très agréables, dit-elle. Et alors ?

– La maladie semble vous suivre, n'est-ce pas ? Vous ne voudriez pas savoir pourquoi ?

Elle jeta un regard rapide à son employeur, qui semblait impatient et contrarié.

– Ouais, j'en connais la cause, affirma-t-elle. La ville est pleine de maladies, partout où vous regardez, il y a des gens qui cannent de la typhoïde ou du croup. C'est pas une surprise, m'sieur, les gens tombent malades en permanence.

Mr. Soper insista :

– Oui, mais la typhoïde en particulier semble vous suivre, m'dame. Si nous ne faisons pas attention, une maladie peut s'immiscer dans la nourriture que l'on prépare. Surtout la nourriture crue comme la glace aux pêches.

La femme cessa de couper son oignon et leva son regard.

Son employeur interrompit la discussion :

– Mary est une femme propre et une très bonne cuisinière. Bien évidemment qu'elle se lave, je n'engagerais pas quelqu'un qui n'est pas scrupuleux au moindre égard. Tout ceci est une perte de temps ! Je dois retourner auprès de ma femme ! Veuillez me suivre, je vais vous ramener à la porte.

Mr. Soper ne bougea pas.

Des larmes, causées par les oignons, trempaient les yeux de Mary. Elle les fit couler d'un clignement d'œil et ajouta à l'intention de Mr. Soper, d'une voix amère :

– Vous dites que je suis pas propre ?

– Nous pourrions résoudre la question si vous voulez bien me suivre jusqu'à mon bureau et nous fournir des échantillons de vos fluides, expliqua Mr. Soper.

Sa voix s'adoucissait à mesure que sa frustration envers ces gens butés s'amplifiait.

– Mes quoi ? demanda la cuisinière tout aussi calmement.

– Vos fluides.

– Mais de quel droit... lança-t-elle avant que mon chef l'interrompît.

– Vos fluides, comme votre sang, par exemple, nous diront si vous transportez la maladie.

– C'est du sang que vous voulez ? cria-t-elle, me donnant la frayeur de ma vie.

J'avais peur qu'elle eût totalement perdu l'esprit, à crier ainsi devant le maître de la maison.

– Mary, je vous en prie ! demanda son employeur.

– Votre sang, oui, confirma Mr. Soper.

Elle planta le couteau qu'elle avait dans la main dans la planche à découper en poussant un cri aigu :

– Je vais vous en donner, moi, du sang !

Son employeur se tourna vers nous.

– Pour l'amour du ciel, Mr. Soper, pourquoi ne pas trouver la vraie raison derrière cette typhoïde plutôt que de contrarier mes employés !

Mary s'efforça de retirer le couteau de la planche. L'homme fit des mouvements de bras dans notre direction :

– S'il vous plaît, je vais devoir vous demander de partir. J'ai déjà bien assez de problèmes, je n'ai pas besoin de vos accusations en plus.

– Mais tout ce que je demande n'est qu'un échantillon.

– Si vous ne partez pas, je vais devoir me plaindre auprès du département de la Santé et de l'Hygiène !

Mary vociférait :

– Sortez d'ici ! Maintenant ! Partez avec vos idées de fous ! Du balai !

Ses yeux se révulsèrent. Je voyais le blanc de ses orbites et de ses dents.

– Je vous en prie, m'dame, il est très important que nous vous dépistions...

Elle cria et arracha le couteau de la planche avant de se retourner. Mr. Soper tourna les talons en me poussant en direction de la sortie devant lui. Et ce fut la dernière fois que nous lui parlâmes.

Un vrai désastre. Ce n'était pas ainsi que nous avions imaginé cette femme. Pas le moins du monde. L'incident perturba profondément Mr. Soper. Il érigea un mur de briques dans notre enquête. Toute la semaine durant, il murmura que nous devions la contacter, lui expliquer, lui faire comprendre. Je le regarde parcourir ses notes, se répéter que nous devons trouver un moyen de la dépister, ou alors elle va continuer à répandre la fièvre, et quelqu'un d'autre périra. Peut-être même cette fille à l'hôpital. Il se pince le haut du nez et répète que nous devons l'arrêter.

À moins de l'enlever, je ne sais pas comment faire. Mais nous devons trouver un moyen. Mr. Soper avait essayé en expliquant patiemment le problème, mais elle avait très mal réagi. Pourquoi refuse-t-elle de coopérer ? Ne croit-elle réellement pas Mr. Soper, malgré la maladie qui la suit partout ?

Il dit qu'il a bien vu dans ses yeux qu'elle a peur pour son travail, et c'est bien la seule chose qui me paraisse logique.

## 14 décembre 1906

Après avoir réfléchi à la réaction de Mary Mallon, je pense que l'accusation de Mr. Soper portée devant son employeur avait dû la surprendre et la gêner. Mais je ne pense pas non plus que nous avions tort. Nous n'avons fait que lui demander de faire analyser ses fluides. Je commence à m'apercevoir que les gens de science doivent penser dans un monde différent, quelque part au-delà des émotions humaines. Ils doivent garder leurs sentiments dans une caverne sombre, enfouie au plus profond d'eux-mêmes, et ne jamais y toucher. Ils ne peuvent pas se permettre d'avoir peur de l'embarras, que ce soit du leur ou de celui des autres.

Pourtant, je pense aussi que cela doit être extrêmement compliqué d'accepter que l'on a quelque chose de vivant en soi, une maladie que l'on ne peut pas voir, sentir ou toucher. Une maladie qui ne nous rend pas malades. C'est peut-être bien trop insupportable pour elle. Ce n'est pas comme des poux que l'on peut retirer de sa peau, ou une éruption cutanée que l'on peut apaiser avec un peu de crème. Et cela n'avait jamais été prouvé non plus. Mais cette cuisinière, si elle a une once de raison, doit se douter que l'accusation de Mr. Soper est fondée.

Cependant, pour autant que nous le sachions, elle n'avait pas quitté son lieu de travail, peut-être pense-t-elle donc qu'il ne raconte que des sottises.

La réaction de la cuisinière donna de quoi réfléchir à Mr. Soper. À la vérité, c'est une rareté, une nouvelle découverte, peut-être bien la preuve vivante de la théorie du Dr Koch, la toute première, et Mr. Soper ne souhaite pas lui faire peur. Il ne veut pas non plus qu'elle continue de travailler et de transmettre potentiellement la maladie. Nous sommes donc dans une situation très particulière. Je pense que Mr. Soper se demande s'il ne va pas impliquer notre directeur, Mr. Briggs. Mais je ne suis pas certaine qu'il soit déjà prêt à sauter le pas. Mr. Soper dit que nous devons d'abord lui prouver le danger qu'elle transporte, ensuite seulement cette épidémie s'arrêtera.

Il dit aussi que nous devons nous approcher de la cuisinière comme si c'était un animal enragé. Nous devons la piéger avec précaution et tact et l'attirer pour la dépister. Mr. Soper pense à la suivre jusqu'à chez elle, là où nous pourrons nous entretenir avec elle dans un milieu privé. Nous ne pouvons pas la recontacter à la demeure et nous ne souhaitons pas alerter son bureau en posant davantage de questions.

Je ne sais pas ce que cette filature m'évoque. Allons-nous réellement la traquer comme des espions ? Je ne me rappelle pas avoir lu quoi que ce soit de ce genre dans les archives de mon chef. Mais je dois faire confiance à Mr. Soper pour me guider ; il sait ce qui est le mieux.

## 16 décembre 1906

Cette affaire est tellement importante pour moi, je ne supporte pas l'idée de la quitter en cours d'investigation, mais j'ai aussi tellement hâte de retrouver ma meilleure amie et de lui parler. Nous préparons ce voyage depuis presque un an, et j'ai décidé que, si je ne voyais pas bientôt Anushka, j'allais devenir folle. J'ai donc acheté un aller-retour pour la Virginie du vingt-quatre au vingt-sept via la Southern Line. Quatre jours, c'était tout ce que Mr. Briggs voulait bien m'accorder, et il ne me les avait pas accordés facilement. J'avais payé ce billet avec mes propres deniers, ce qui me donna le sentiment d'être un membre respectable du monde adulte.

Quand je m'imagine seule dans un gigantesque train voyageant vers la Virginie, je me sens petite et effrayée comme une enfant. Quand je pense à voyager en dehors de New York pour la première fois de ma vie, j'ai l'impression d'être une femme. Anushka sera-t-elle heureuse de me retrouver après tout ce temps ? Quel genre de présents puis-je amener qui lui rappelleront notre ville remplie de citadins et qu'elle a laissée derrière elle ? Pourrais-je peut-être capturer dans une bouteille l'odeur des ratés des voitures à moteur ? Lui apporter une chanson des joueurs de vielle à roue ? Ou rassembler les voisins et donner deux dollars à Mr. Barnical pour qu'il nous prenne en photo devant son vieux bâtiment ? Je peux déjà voir Anushka, la regarder, pointant du doigt Mrs. Zanberger et les garçons Moscowitz, et je nous entends déjà éclater d'un de ces grands fous rires que je ressens jusque dans mes orteils.

Pendant un moment, j'étais inquiète de laisser Marm, comme je ne l'avais jamais fait auparavant. Parmi les personnes qu'elle aime, bien assez l'ont abandonnée. Mais sa première sortie avec son nouvel ami Mr. Silver s'était tellement bien déroulée, je pense qu'elle devrait survivre. Mr. Silver l'avait emmenée au Metropolitan Museum of Art, et Marm était rentrée avec beaucoup de choses à raconter et un sourire jusqu'aux oreilles. Il semblerait que Mr. Silver eût fréquenté le musée avec du papier et un crayon à la main et qu'il y eût passé du temps à dessiner les peintures et les sculptures, et qu'il connût l'histoire de ces chefs-d'œuvre, des artefacts grecs et italiens, et qu'il eût raconté tout ce qu'il savait à Marm. J'aimerais bien savoir si ses dessins sont si bien que ça.

Quand je reviendrai, nous irons tous les trois célébrer le Nouvel An à l'usine près d'Herald Square où Mr. Silver est découpeur, et oncle David tailleur. Ils feront frire du poisson dans des fûts d'huile dans la rue et feront exploser des pétards, et nous danserons à la musique d'un groupe *oompah*. Cela me donnera la possibilité de mieux connaître Mr. Silver. Je pourrai le remercier pour la gentillesse qu'il témoigne envers Marm et lui rappeler l'existence de mon père, qu'il ne doit pas oublier. Tout comme nous d'ailleurs.

## 20 décembre 1906

J'eus une étrange et éclairante conversation avec mon chef, tandis que nous attendions dans le froid devant la demeure de la Cinquième Avenue où Mary Mallon travaille. C'était la deuxième fois que nous essayions de la suivre, mais elle n'était pas sortie de la maison, et j'avais le sentiment que c'était bien en deçà de la dignité de Mr. Soper que d'attendre dans le froid pour rien, je lui dis donc :

– Il fait un peu froid pour une telle tâche, qu'en pensez-vous, monsieur ?

Son regard intense était posé sur la maison, comme s'il pouvait faire apparaître la cuisinière de ses yeux.

– J'ai vécu bien pire.

– J'imagine bien, vous avez vécu une guerre, répondis-je.

Je ressentis un nœud dans mon estomac ; je ne savais pas pourquoi j'avais parlé de la guerre. Le froid engourdissait peut-être mes frayeurs ou, me dis-je, là, dans la pénombre, je pourrais m'aventurer à poser une question sur mon père.

– Oui, la guerre, reprit-il. Nous avons passé de longues journées à essayer de comprendre ce qui rendait ces hommes malades.

– Est-ce que vous avez connu certains des soldats sur le plan personnel ?

J'espérais qu'il ferait le lien entre le nom de mon père et le mien et qu'il se rappellerait miraculeusement le petit homme aux cheveux bouclés et à la peau olive qu'était mon père.

– L'heure n'était pas à la socialisation, expliqua Mr. Soper.

Il souffla sur ses mains pour les maintenir au chaud.

– Mes recherches et mes observations m'occupaient bien trop pour que je puisse réellement apprendre à connaître ces hommes.

Une pointe de déception me coupa un peu le souffle. Nous restâmes là en silence, les yeux rivés sur la demeure.

– Quand on pense à la guerre, c'est intéressant de se dire que les bactéries peuvent aussi être des armes, dit soudain Mr. Soper.

– Que voulez-vous dire ?

– Eh bien, pendant la guerre de Sécession par exemple, les hommes du Sud envoyaient des couvertures à ceux du Nord.

– Un geste de paix ? demandai-je sans comprendre.

– C'était tout l'inverse, en vérité. Les couvertures avaient servi à envelopper des hommes qui étaient morts de la variole. Ils comptaient transmettre cette maladie à leurs ennemis à l'aide de ces couvertures.

Cette anecdote me choqua. Cela m'énerva de penser à la maladie, aux bactéries et à la dangerosité de ces petits organismes.

– Mr. Soper, lançai-je, je pense que je comprendrais mieux cette affaire si je pouvais réellement voir à quoi ressemble la bactérie de la typhoïde.

Je voyais, même dans la pénombre, les muscles de sa mâchoire se tendre. J'osai même ajouter :

– Dans un microscope, je veux dire.

– Peut-être bien, peut-être qu'il serait bon que tu la voies, en effet. Ainsi, tu comprendrais mieux comment elle se transmet d'une personne à l'autre.

Je ressentis le sang filer dans mes veines. Il avait accepté que je regardasse dans un microscope ! C'est la première chose que je ferai demain matin, je vais regarder, je vais poser mon œil contre cette lentille en bronze et voir de quoi ce monde est fait ! Je trépigne d'impatience. Je peux à peine dormir, j'imagine à quoi une vraie bactérie peut ressembler. Toutes ces choses que je vais comprendre, toutes ces portes qui vont s'ouvrir à moi ! Oh, j'ai hâte !

## 21 décembre 1906

Très tôt ce matin, nous allâmes dans le laboratoire (mais pas en l'absence des scientifiques, je pouvais ressentir tous les yeux froids et mâles de la salle se poser sur moi). Mr. Soper sortit un échantillon de typhoïde de la glacière, le plaça sur une lame et glissa le tout sous un microscope.

Après avoir regardé, ma vision des cellules et des bactéries se transforma. Dans mon esprit, elles étaient tout aussi inertes que des dessins.

Mais là, elles étaient vivantes. Comme des dizaines de petits vers.

Devant moi, ces petites créatures infatigables glissaient sur la lame. On pouvait presque voir au travers, comme si elles étaient constituées d'eau. Elles dansaient et se déplaçaient comme une foule dans la rue, se rassemblant et se séparant à leur manière. Comme des petites nouilles que l'on pourrait avaler si facilement, sans même le savoir. J'avais l'impression de voir le fond d'une rivière, ou un autre pays, des endroits qui m'étaient auparavant hors d'atteinte. Cela m'étonnait et me consternait tout à la fois, que ces minuscules bactéries eussent la force de tuer une personne.

Avoir cette vision microscopique me donna envie d'en voir plus, de voir le monde plus en profondeur.

Je veux voir une cellule nerveuse. Un échantillon de sang. La feuille d'une plante. Mon ongle. Un cheveu. Je veux emporter cet instrument chez moi et glisser le monde sous sa lentille, afin de l'examiner comme je ne l'ai jamais fait auparavant.

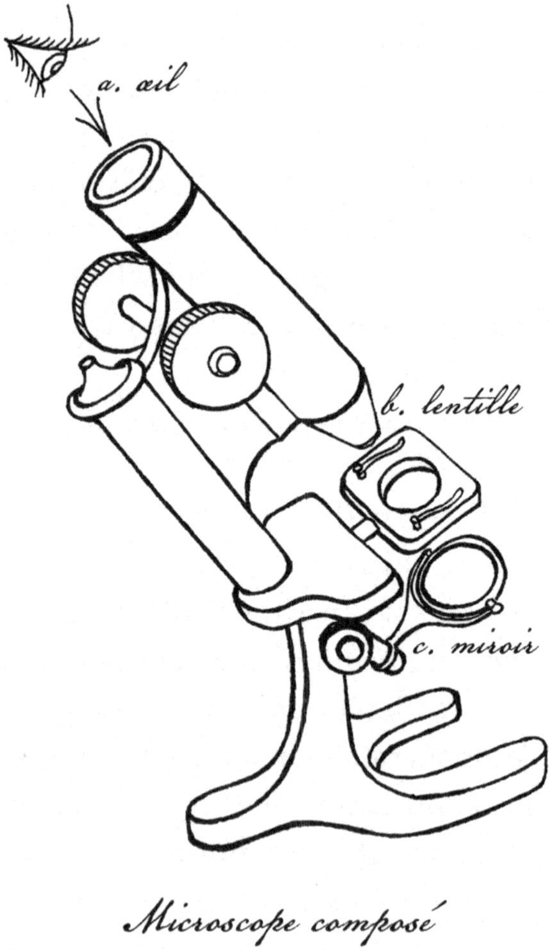


*Microscope composé*

## 23 décembre 1906

*En repensant* aux bactéries de typhoïde que j'ai vues au microscope, je me dis que notre cuisinière n'est peut-être pas tout à fait humaine et qu'elle ne répond pas comme elle le devrait à ces petites cellules de maladie. C'est presque aussi sinistre que le Frankenstein de Mary Shelley. C'est peut-être pour cela qu'elle refuse d'être dépistée. Elle ne tombe jamais malade et refuse d'admettre qu'elle rend les autres malades, elle ne comprend pas du tout ce que l'on veut dire.

J'aimerais que nous puissions lui montrer le microscope et lui révéler à quoi ressemble la typhoïde. J'aimerais que nous n'ayons pas à la traquer comme une criminelle ou à la piéger comme un animal. Cela me paraît déplacé de l'approcher ainsi.

Je dois avoir confiance en Mr. Soper et je me dis qu'il sait ce qu'il fait. Nous ne l'avions toujours pas vue sortir de la demeure.

Je pense que cela me fera du bien de laisser l'affaire derrière moi quelques jours. Nous avions travaillé et fait tant d'efforts, je ne parviens simplement plus à y voir clair. Plus qu'une petite journée et je serai en chemin pour retrouver Anushka. Le voyage me rend un peu nerveuse, mais je suis contente de partir, j'ai hâte de voir le visage souriant de ma meilleure amie.

J'ai peur que Mr. Soper ne passe les fêtes seul, il ne parle que du travail, de Mary Mallon et du moyen de la soumettre à un dépistage. Quand je lui avais demandé ce qu'il faisait pour Noël, il avait haussé les épaules. Dans les notes, je vois qu'il travaille tard et les dimanches aussi, essayant de savoir si sa théorie est infondée, si nous avons raté quelque chose, si ces familles ne seraient pas tombées malades d'une autre façon. Je pense aussi qu'il aimerait éviter de rencontrer le couteau de cuisine de cette femme une nouvelle fois s'il peut l'éviter. Je pense que cet incident l'avait embarrassé, autant lui que Mary, et nous devons entrer en contact avec elle d'une meilleure façon la prochaine fois.

Il y a tant à penser, tant de choses que je ne sais pas. Je vois déjà Mr. Soper travailler sur l'affaire en mon absence, que fera-t-il s'il doit faire face à la cuisinière seul ? Même si j'espère qu'il découvrira où elle habite, j'espère aussi qu'il ne lui arrivera pas de mal.

## *28 décembre 1906*

*Je sais* à peine par où commencer pour décrire mes impressions concernant la ferme d'Anushka et mon voyage. Toute cette expérience a été un tel tourbillon, je n'ai pas encore eu le temps de retrouver mon souffle ni même d'organiser mes idées dans un ordre cohérent. Je n'avais pas réalisé à quel point la Virginie est loin, ni combien de territoires différents j'allais devoir traverser. Je suis rentrée hier, ce matin en vérité, après près de dix heures dans ce train chahutant et cahotant, et j'ai encore l'impression que le sol se dérobe sous moi.

Aussi fatiguée que je me sente, je dois écrire, même une entrée très courte ; il y a tant de choses à coucher sur le papier. En majorité, le voyage n'avait rien à voir avec ce que j'avais imaginé. La taille des terres que son père avait achetées… c'est surprenant qu'il ait réussi à économiser autant d'argent avec sa librairie pour acquérir un tel terrain. Je n'arrête pas de penser au gigantisme de la ferme, toutes ces distances que je pouvais couvrir de mon regard, à perte de vue, une terre recouverte d'un voile de neige blanc. Je sentais ma vue s'étirer, me menant à des kilomètres devant moi en direction de l'horizon où la terre rencontre le ciel. Mes yeux ne m'avaient encore jamais portée si loin auparavant.

La maison me frappa de plein fouet. Elle avait un air brut, les murs et les sols étaient constitués de grandes planches de bois blanchies, les meubles en bois de récupération, les nœuds et le grain intacts, la rangée de barattes à beurre, les étagères en fer forgé, le tout bien assez imposant pour nourrir les garçons, leurs amis et ceux d'Anushka. Ses parents s'affairaient à des tâches qui les faisaient siffler. La chaleur du poêle dans le salon. La balade que nous avions faite dans les bois, la façon dont nous avions fait fuir des lapins de leur terrier, et des perdrix, non, des paons bleus, comme elle les appelle. Et tous ces beaux animaux, chevaux, agneaux, poulets. Je n'avais pas réalisé toutes les responsabilités qu'elle avait, tout le travail qu'il faut investir dans une ferme. Et ce n'était pas encore la saison des plantations ! Chaque instant de la journée est une nouvelle activité : l'alimentation des bêtes, le nettoyage, le pansage, l'abattage, la fumaison de la viande, le déblaiement. Les muscles qui saillaient de ses bras m'émerveillaient !

Jamais je n'avais goûté de l'agneau si frais ; en comparaison du hareng que j'avais apporté, les côtelettes semblaient se déplacer toutes seules. Les galettes de pommes de terre qu'avait confectionnées sa mère, les oignons que son père avait mis en bocal, le pain et le miel... je crois que j'ai pris plusieurs kilos en trois jours.

Lors de notre deuxième après-midi ensemble, quand nous eûmes terminé ses tâches quotidiennes (je l'avais accompagnée dans ses travaux, mais je n'étais pas obligée de travailler autant qu'elle), Anushka m'emmena à un étang voisin qui avait gelé. Elle ne voulait pas me dire pourquoi, elle avait toujours cet espiègle sens du mystère. Quand nous arrivâmes sur la rive, elle cria soudainement :

– Regarde !

Elle se mit à courir sur la glace. Là, devant mes yeux, elle se jeta sur ses fesses et traversa ainsi l'étang entier, ses jupons voletant au vent, ses sous-vêtements à la vue des oiseaux !

Une bouffée d'air froid me gela la gorge, puis j'explosai de rire, je ne réussis pas à le contrôler, elle avait l'air tellement bête, mais aussi tellement aventureuse. Elle courut sur la glace dans l'autre sens pour me rejoindre, ses boucles bondissant à chaque pas, son souffle se matérialisant en une épaisse fumée blanche, et elle me traîna sur l'étang avec elle. Il n'y avait personne à des kilomètres à la ronde. Nous avions trébuché, étions tombées et avions glissé sur cette étendue d'eau gelée jusqu'à la fin de la journée. Cela faisait une année entière que je n'avais pas autant ri. C'était comme si nous ne nous étions jamais quittées, comme si nous reprenions notre relation là où nous l'avions laissée.

Mais le temps nous change, il nous tire davantage dans la vie sans que nous puissions pour autant nous rassurer l'une l'autre. J'avais l'impression qu'elle avait besoin de moi, mais je n'arrivais pas à identifier comment je pouvais l'aider ou pourquoi. Ce fut le dernier jour, lorsque j'avais rencontré ses amis Ida et Randall et vu sa relation avec eux, que je compris finalement qu'elle retient désormais ses sentiments les plus sombres en elle, qu'elle se refuse à les montrer à tous, et même à moi.

Dans ses lettres, et avant cette rencontre, Anushka ne m'avait pas dit que ses amis étaient plus âgés. Ida a vingt-

sept ans, Randall trente ans, ce qui n'est pas loin de l'âge de Mr. Soper. Qu'elle pût aimer ces deux individus me paraissait évident, nos échanges nous firent beaucoup voyager. Ils avaient tous deux tant de connaissances du monde naturel : les noms d'arbres et de corps célestes qu'ils connaissaient, les nuages dans lesquels Randall lisait ou la main ferme d'Ida avec les animaux. Ils semblaient tellement à l'aise, dans ce qu'ils faisaient comme entre eux. La force de Randall et ses compétences, son visage long et sensible et ses cheveux blonds épais le rendent très attirant. Je comprends qu'il plaise énormément à Anushka. Le sourire facile d'Ida et l'intensité avec laquelle elle écoute les autres quand ils lui parlent sont tout aussi charmants. Leurs éducations sont tellement différentes : Randall vient d'un milieu protestant aisé, Ida est une émigrée d'Allemagne luthérienne de deuxième génération et Anushka, une Russe juive de New York. Mais ils partagent une belle camaraderie.

Seulement, voici le problème : ses deux amis s'aiment.

Il est évident qu'il était impossible pour Anushka d'avouer ses sentiments, de faire un choix, comme je le lui avais suggéré. Randall est adorable avec elle. Ida est bien trop incroyable pour qu'on puisse la perdre. Mais ils s'étaient choisis l'un l'autre. La souffrance que doit ressentir Anushka, ma pauvre amie, me brise le cœur.

J'espère qu'Anushka trouvera quelqu'un d'autre, quelqu'un qui pourra voir à quel point c'est un amour.

## *29 décembre 1906*

*Les choses* s'étaient quelque peu gâtées au bureau durant mon absence. Je ne suis pas certaine de bien comprendre ce qu'il s'était passé. Je dois défaire ce nœud de sentiments en moi, voir si j'arrive à faire la lumière sur la situation.

À mon retour ce matin, je plaçai le bocal de confiture de mûres que j'avais ramené de la ferme d'Anushka sur le bureau de Mr. Soper et je m'éclaircis la gorge pour lui faire le discours que j'avais préparé dans le train.

– Mr. Soper, lançai-je, je voulais simplement vous dire que je suis heureuse que vous m'ayez donné cette opportunité de travailler avec vous. J'ai toujours souhaité exercer un métier qui avait du sens, et vous m'avez donné cette chance. Cet emploi m'offre une direction dans la vie, que je n'aurais peut-être pas trouvée ailleurs. Durant mes vacances, le bureau me manquait, notre travail ainsi que vous, mon employeur.

Et c'est là que mes mots me firent défaut ; la façon dont Mr. Soper détourna son regard lui donnait un air grossier. Mon présent et mon aveu semblaient toucher mon chef d'une façon étonnante. Il répondit :

– Hum, oui, eh bien, merci, mais tu n'es pas partie si longtemps que ça. J'ai passé bien des années seul.

Il saisit des notes et commença à les lire, nous ignorant totalement, mon discours et moi.

Je m'assis à la machine à écrire, le visage rubicond. Je m'excusai et me dirigeai vers les toilettes, où je m'aspergeai les joues avec un peu d'eau et déboutonnai mon chemisier au niveau du cou.

Quand je retournai à mon poste, je commençai à taper les notes des jours où j'avais été absente. Elles étaient rares, mais simples. Je vis que Mr. Soper n'avait pas beaucoup avancé dans l'affaire.

Plus tard dans la journée, Mr. Soper défroissa ses manches et fit mine de mettre sa veste, comme s'il allait quitter le bureau. Il lança sans même me regarder dans les yeux :

– Je crois que j'ai trouvé quelqu'un qui peut me montrer où vit Mary Mallon.

Je n'avais vu aucune information de ce genre dans ses notes, c'était tellement important ! Tout en continuant à éviter mon regard, il dit :

– J'ai aperçu Mary quand tu n'étais pas là. Elle s'est rendue quelque part où j'aimerais bien retourner cet après-midi.

Je me levai de ma place et je rassemblai rapidement mes crayons et mon in-folio.

– Prudence, j'aimerais que tu restes ici, au bureau, pour rattraper le travail que tu n'as pas pu faire.

Je le sentais étrange et distant.

– Monsieur, j'ai presque terminé et vous accompagner ne me retarderait en rien.

Il donnait l'impression de me regarder comme s'il me jaugeait. Il lâcha un soupir et pianota sur son bureau :

– Tu peux venir avec moi, conclut-il. Mais laisse ton in-folio au bureau. Je ne veux pas que nous soyons trop voyants.

Nous prîmes un tramway en direction du nord jusqu'à la Trente-Troisième Rue, où nous descendîmes et marchâmes vers l'est. Mon chef s'arrêta devant un saloon : une devanture délabrée portant le nom de *Donovan's*, des crachoirs sur le trottoir, des lumières de lampes à gaz froides et des rires et de la musique forte sortant des portes. Il y avait quelque chose de malaisant qui émanait de cet endroit ; je cherchais le regard de Mr. Soper pour y trouver une explication. Il me jeta un coup d'œil rapide, puis inspira profondément et ajouta :

– Tu dois rester près de moi, Prudence, peu importe la situation. Ne touche à rien, ne parle à personne, contente-toi de rester près de moi. Est-ce que tu m'as compris ?

Je ravalai péniblement la peur qui m'enserrait la gorge, et nous entrâmes. La puanteur du charbon me frappa immédiatement ainsi que l'odeur de la nourriture : saucisses, cornichons, choucroute, ragoût. En plus de tout cela, les effluves des corps me firent presque vomir. Chacune des tables était occupée, une foule de parieurs et de prostituées s'était rassemblée pour le déjeuner, charriant des pelles entières de choucroute depuis des plats chauds jusque dans leurs assiettes, agrippant des chopes de bière. Toute cette clameur me dérouta. Je reconnus certains visages : l'agent O'Malley fumant son cigare d'une part et Mr. Jackson le forgeron, tous les deux saouls. Les autres semblaient décharnés et affamés, hédonistes, gueulards et malpolis, un groupe d'une aussi mauvaise réputation que ceux qui traînent à *Poor Man's Retreat*, des vieux membres du gang Five Points aujourd'hui décrépits. Avec leur argent bien mal acquis, ils sont encore pires que n'importe lequel des clochards de notre voisinage. Si seulement j'avais refusé de venir, mais je voulais découvrir où cette enquête nous menait. Je retins mon souffle et m'accrochai au bras de Mr. Soper pour trouver un peu de stabilité alors qu'il me conduisait dans cette foule turbulente.

Il s'arrêta à une table au fond de la salle où était assis un homme au regard voilé par le rhum. L'homme avisa Mr. Soper et opina de la tête. Je me plaçai derrière mon chef, effrayée par cet homme, et pourtant curieuse : Mr. Soper semblait le connaître. Mon chef déposa plusieurs dollars sur la table.

– Avez-vous organisé la rencontre avec Mary Mallon ? demanda-t-il.

Un sentiment désagréable vint se loger dans mon estomac. L'homme retira les dollars de la table.

– Ouais.

Un pot-de-vin ! Je venais juste de voir mon chef soudoyer un homme.

Je ne pouvais pas voir le visage de Mr. Soper, mais ses épaules s'étaient affaissées, sa tête était proche du plateau de la table. Pendant un instant, il ne paraissait pas si différent des autres clochards qui l'entouraient.

Je regardai autour de moi. Mais qu'est-ce que je faisais dans cet endroit sordide ? Que faisions-nous là ? Comment notre quête de Mary nous avait-elle conduits ici ? Ce n'était pas bien, c'était déplacé. C'était immoral. Je voulais repousser cette scène, nier que mon honorable employeur faisait une offre si basse à un homme si sale, et pourtant c'était bien le cas.

– Mary rentre à la maison mercredi soir, grogna l'ivrogne.

Mr. Soper plaça une autre poignée de dollars sur la table.

– À quelle heure devrions-nous venir ?

– Ouais, on va vous arranger ça pour huit heures, on mange en général vers huit heures.

Cet homme s'était emparé des billets et avait vendu cette fille, comme il aurait vendu du poulet.

Je suivis Mr. Soper vers la sortie, jusqu'à notre bureau, et je ne trouvai rien à dire. Il ne proposa aucune explication ; il ne me regarda même pas. Mon esprit essaya rapidement de lui trouver des excuses, mais rien ne semblait avoir de sens. Ce qu'il avait fait dépassait purement et simplement mon entendement ! Soudain, il m'apparut comme imprévisible, voire douteux. Un étranger. Il avait agi seul, en mon absence, sans prendre de notes dans notre in-folio commun.

J'ai l'impression de ne pas savoir ce qu'il s'est passé dans notre bureau durant mon voyage. Je me demande si Mr. Soper avait déjà agi de la sorte auparavant et s'il n'en avait délibérément gardé aucune trace, pour se protéger. Pour cacher quelque chose ?

Comment travailler avec quelqu'un qui fait ce genre de choses ? Comment être sûre qu'il ne va pas me dévoyer d'une façon ou d'une autre ?

J'aimerais pouvoir en parler avec Marm, mais cet acte est tellement honteux que je n'y parviendrai jamais. Elle serait certainement contrariée.

Elle pourrait même vouloir que je démissionne.

## 31 décembre 1906

En cette dernière nuit de l'année, alors que j'attends que Marm revienne pour que nous puissions nous joindre aux festivités, j'ai l'impression qu'une fille totalement différente cherche à émerger de moi. Comme si j'étais sur le point d'assister à ces thés dansants, habillée de mon cocon gris blafard. Durant le thé, je révèlerai une robe d'argent et de rose et remporterai le prix du plus beau papillon.

Au travail ce soir, j'avais observé Mr. Soper se préparer pour l'entrevue prévue avec Mary Mallon chez elle. Les traits de son visage semblaient très sombres, ses yeux hyperactifs se refusaient à rencontrer mon regard. Nous n'avions pas discuté de l'incident avec l'homme alcoolisé. Je savais que je pouvais l'accompagner, que Marm ne m'attendrait pas, mais j'avais le sentiment qu'il ne voulait pas que je l'accompagnasse chez Mary. Alors que je le voyais enfiler un manteau en laine et des gants en cuir, je repensai au visage vil de l'homme et à Mary Mallon avec son couteau dressé, et je fus frappée : ce sont des gens effrayants, étrangers, dangereux même. Si Mr. Soper y allait seul, quelque chose pourrait lui arriver, et personne n'en saurait rien. Je ressentis alors une certaine responsabilité. Je me levai ; je ne voulais pas qu'il fût blessé, malgré les nouvelles réserves que je portais à son égard.

Quand je passai ma cape sur mes épaules et rassemblai mon in-folio, il leva la main pour m'arrêter.

– Je parlerai seul à Mary, expliqua-t-il.

– Je vous en prie, Mr. Soper, je pense pouvoir vous être utile.

– Pas ce soir, Prudence, je dois y aller seul.

– J'attendrai dehors alors, en cas d'urgence.

Il marqua une pause.

– Elle me fait l'effet d'être si imprévisible, monsieur.

J'avais peur qu'il poursuivît l'affaire sans moi, mais j'étais convaincue que ma présence pourrait l'aider à rester convenable. Je voulais m'assurer que Mary le suivrait paisiblement cette fois-ci. Je n'appréciais pas les nouveaux doutes que je nourrissais pour mon chef, mais je voulais que les choses se passassent bien, que nous eussions enfin ces réponses que nous attendions depuis longtemps.

Il mit son chapeau melon sans discuter davantage, et nous passâmes la porte.

Nous nous frayâmes un chemin jusqu'à la sombre adresse que nous avait donnée l'homme. Ni son nom ni celui de Mary ne se trouvaient en bas des escaliers de cet endroit miteux, un bâtiment aux niveaux inégaux, pire que ceux qui existaient encore dans ma rue, quatre étages de carreaux sales, de murs peinturlurés, de couloirs à peine illuminés. Nous gravîmes les marches et frappâmes à la porte 4D, comme nous avait dit l'ivrogne, mais pour toute réponse nous entendîmes les aboiements et les jappements d'un chien. Mr. Soper frappa et frappa encore, causant la furie du chien. Enfin, l'une des portes voisines s'ouvrit et une voix grogna :

– Arrêtez ce raffut ! Sont pas là, y reviennent pas avant lundi !

Et la porte se claqua.

Nous regardâmes tous les deux dans la direction de l'appartement d'à côté. Je ne pouvais pas m'empêcher de me sentir rassurée.

– C'est un vrai cirque ! s'exclama Mr. Soper. C'est le pire des cirques humains. Je n'arrive pas à y croire, nous ne parviendrons jamais à rien avec cette femme !

À bord du tramway qui retournait au centre-ville, il enfouit son poing dans son chapeau melon et murmura quelques mots concernant des contrats infructueux avec des personnes douteuses.

Sa colère irradiait de lui comme des rayons ardents. Il tira sur le pourtour de son chapeau avec ses doigts gantés. Je le regardais et voyais les muscles de ses mâchoires se tendre de fureur. Il soupira fortement par le nez.

Nous descendîmes du tramway et il m'accompagna à ma porte puisqu'il était tard. Comme nous nous faisions face pour nous souhaiter bonne nuit, je pouvais lire la souffrance dans ses yeux.

– Cette affaire devient insupportable, lança-t-il.

J'acquiesçai.

– Ils... Mary ne semble pas en comprendre l'importance.

Je secouai la tête.

– Je n'attends rien de plus qu'elle coopère de manière appropriée, conclut-il.

Je repris :

– Mr. Soper, je sais bien que cela ne fait pas longtemps que je travaille avec vous, mais je pense que Mary Mallon est une personne impossible et que vous vous êtes montré tout à fait décent en lui donnant la possibilité de se présenter seule pour se faire dépister. Je sais que vous la retrouverez et que vous parviendrez à prouver votre théorie.

Tout en parlant, la colère m'avait quittée. Il me lança un regard des plus surprenants, qui m'a pénétrée et a pénétré la moindre de mes cellules, ou presque. Il déclencha quelque chose en moi, comme une clef.

– Prudence, ton enthousiasme est tout bonnement contagieux, répondit-il. Continue à bien travailler comme tu le fais.

Avant que je pusse répondre, il avait déjà passé le coin de la rue et disparu dans la nuit. J'entrai chez moi, même si le repas que m'avait laissé Marm ne me donnait pas faim. Je suis assise à cette table avec cette nouvelle sensation, ce sentiment. Je pense au timbre de sa voix, à la douce façon qu'il avait de dire mon nom. Je ne sais pas ce qu'est cette chaleur dans ma poitrine. C'est quelque chose de soudain et d'inattendu, comme une journée d'été indien, et elle est remplie de rubans de toutes les couleurs. Un arc-en-ciel virevolte en moi, rayonnant de ma bouche et de mes yeux, et se prolongeant tout autour de ma tête comme un halo.

J'émerge, j'ai peur, comme un papillon, une chose brillante et étincelante vient de naître.

## 1er janvier 1907

Une nouvelle année. Marm et moi avions participé aux festivités à Herald Square la nuit dernière. Je restai assez longtemps pour manger du brochet frit et faire exploser deux feux d'artifice et voir aussi l'ami de Marm, Mr. Silver, lui offrir un fin bracelet de coquillages. Malgré mes réserves, quelque chose dans les traits ronds de Mr. Silver nous fait sourire Marm et moi dès que nous le regardons. Je me sens moins froide envers lui, sa présence dans nos vies nous réchauffe le cœur.

Les rues étaient remplies de gens dansant et riant, buvant et chantant, leur chapeau tombant, leurs joues rougeoyant. Je partageai quelques pas de polka avec oncle David. Cette danse et tous ces amants qui s'embrassaient à minuit me donnèrent l'impression d'être seule. Marm et moi étions ensuite rentrées et avions écouté les feux d'artifice jusqu'à ce que le sommeil nous emportât.

Je vais avoir dix-sept ans cette année. Je réfléchis à mes résolutions : lire plus de livres et étudier davantage les sciences seule. Mais comment faire ? Le père d'Anushka avait un trésor de livres, ils provenaient de sa librairie qu'il tenait de l'autre côté de la rue. Les ouvrages scientifiques neufs sont bien trop onéreux pour que j'en achetasse, et la bibliothèque ne propose rien d'autre que de vieux livres d'école miteux et plusieurs journaux médicaux techniques que j'avais bien essayé de lire par le passé, mais j'avais seulement l'impression de lire du latin. S'il n'y avait pas eu quelques illustrations, je n'aurais rien compris. Anushka m'avait suggéré de demander à ce fameux scientifique de me donner des leçons, mais je ne suis pas certaine de vouloir entretenir de telles relations avec lui. Quand je le rencontre au détour d'un couloir, son regard me gèle sur place et il me fait un clin d'œil. J'attends qu'il me dise quelque chose, un trait d'intelligence qui pourrait m'intéresser, mais il ne me voit que comme une femme et il semblerait qu'il ne puisse me parler autrement. C'est très lassant. Si seulement il était aussi assidu à travailler son esprit qu'il l'est à travailler son apparence.

Peu importe, je sais que Mr. Soper peut m'apprendre tout ce que j'ai à savoir.

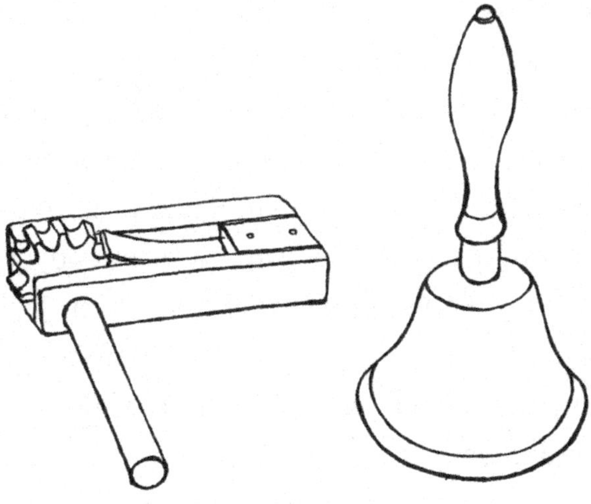

## 5 janvier 1907

*Nous avions* à nouveau affronté la cuisinière ce soir quand elle était arrivée chez elle avec son ami débauché. Mais je n'étais pas préparée à la façon dont Mr. Soper avait planifié de parler à Mary. Ses actions m'embrouillent et me perturbent, je ne sais quoi penser de son comportement.

Nous les avions observés alors qu'ils arrivaient dans une voiture, en sortaient et montaient rapidement les escaliers du bâtiment. Mr. Soper leur laissa le temps d'arriver, puis nous les suivîmes. Depuis le couloir, nous pouvions sentir de la viande en train de griller ; l'odeur se faisait plus présente à mesure que nous montions, et des bruits de cuisine émanaient de leur logement. Mr. Soper et moi échangeâmes un regard : si elle cuisine, elle peut avoir des armes à disposition, mais sa proximité nous encouragea.

Il frappa et se recula. Le chien jappa et griffa la porte. Quand Mary cria, Mr. Soper nous présenta par notre nom seulement et dit qu'il souhaitait simplement lui parler quelques instants.

La porte s'ouvrit avec fracas, et elle nous dévisagea. Elle avait une fourchette de cuisine à la main. Le petit chien fit le tour de sa jambe avec sa petite tête noire et duveteuse et nous grogna dessus.

– Comment est-ce que vous m'avez trouvée ? fut sa première question.

Mr. Soper devint tout pâle; je pouvais discerner la vérité qui dansait sur le bout de sa langue, mais il ne voulait pas en parler. Je retenais mon souffle. De l'intérieur, l'ivrogne appela :

– C'est qui, chérie ?

Mary se tourna vers ce dernier, ouvrant alors la porte un peu plus grand. Le chien se précipita dans le couloir et griffa nos chaussures, l'homme nous vit et devint tout blanc. Il appela l'animal et tous deux disparurent dans l'appartement. Du peu que j'en avais vu, il y régnait un étonnant chaos de linge et de saleté, en contraste complet avec la blancheur de son col.

– M'avez suivie jusqu'ici, hein ? demanda Mary, en sortant dans le couloir pour nous rejoindre et en fermant la porte derrière elle.

Elle me regarda avec dégoût.

Elle aurait sans doute préféré lui parler dans l'intimité de son propre foyer, plutôt que sur son lieu de travail, lui expliqua Mr. Soper.

– Vous êtes sournois, voilà ce que vous êtes. À m'suivre comme ça.

La façon dont elle tapait la longue fourchette de cuisine contre le cadre de la porte me donna une drôle de sensation dans les jambes.

– Je vous jure que je ne souhaite pas être sournois, m'dame, répondit doucement Mr. Soper. Je souhaite seulement m'entretenir avec vous, vous expliquer à quel point il est important que vous vous soumettiez à ce dépistage que nous avons mentionné. Si vous aviez été d'accord la première fois...

– Vous me dites que je suis sale, c'est tout ce que j'entends depuis Ellis Island* : sales Irlandais !

Elle pointait sa fourchette vers nous tout en criant ; sa colère semblait lui conférer quelques centimètres de plus.

– Sales Irlandais, porteurs de maladies ! Eh bien, j'en ai marre, parce que c'est faux. Je me lave toujours les mains. J'utilise les produits les plus frais, personne n'est jamais tombé malade à cause de ma cuisine, tout ce que j'ai fait, c'est m'occuper de ces gens, et c'est même pas dans mes attributions ! Si j'étais vraiment si sale, aucun de vous ne m'engagerait, alors allez-vous-en et emmenez vos maladies et vos dépistages avec vous !

J'étais prête à partir sur-le-champ, à trouver un autre moyen de la convaincre de venir au bureau, mais Mr. Soper ne renonça pas aussi facilement.

– Je ne vous accuse de rien, m'dame, rétorqua-t-il en se protégeant de la fourchette de Mary. Je suis un homme de science, et c'est la seule chose qui me motive. Et je pense qu'il est scientifiquement prouvé qu'une personne en bonne santé peut porter des germes en elle, des germes dangereux qui sont invisibles, mais dont un dépistage prouvera l'exis-

* NdT : Ellis Island est une île située à l'embouchure de l'Hudson à New York, à environ un kilomètre au nord de Liberty Island qui abrite la statue de la Liberté. Elle a été, dans la première partie du xx^e^ siècle, l'entrée principale des immigrants qui arrivaient aux États-Unis.

tence. Si seulement vous vouliez bien nous suivre à notre bureau, nous pourrions vous dépister, et tout sera terminé.

– Et qui s'occupe de ce dépistage ? demanda-t-elle en plissant les yeux dans le couloir sombre.

– Eh bien, c'est le département qui conduira ce dépistage…

– Et ils pourront dire ce qu'ils voudront, c'est bien ça ?

– Bien évidemment que non, miss Mallon. Ils feront un dépistage honnête…

– Je ne comprends pas en quoi je suis si importante, pourquoi vous me laissez pas tranquille ! J'ai jamais rien fait à personne, je veux simplement travailler, alors partez, laissez-moi tranquille ! s'écria-t-elle.

Elle commençait à être furieusement agitée, elle pointait sa fourchette à tout va.

– Bon sang, pauvre femme, j'en ai assez !

Mr. Soper haussa le ton, et je regardai son visage écarlate, étonnée par ce changement soudain en lui. Il cria :

– Vous m'y avez forcé ! J'ai des agents de police qui attendent et, si vous ne me suivez pas immédiatement, je leur demanderai de vous escorter comme une criminelle !

– Police ! s'emporta Mary.

– Oui, la police ! Vous rendez les gens malades ! Votre cuisine tue des individus et vous refusez de vous arrêter. Vous êtes une femme bornée et vous ne m'avez laissé aucun choix !

Il l'avait fait, il l'avait accusée. Accusée et insultée. Il avait menacé de la faire arrêter par des agents de police. Attendaient-ils vraiment en bas des escaliers ? Était-ce vraiment ainsi que nous voulions la traiter ?

– Allez-y, allez chercher la police, cria-t-elle. Allez-y, monsieur je-me-mêle-de-ce-qui-me-regarde-pas. J'ai rien fait de mal.

Elle souleva la fourchette et cria quelque chose que je ne compris pas, alors que Mr. Soper se retournait et me poussait devant lui. La fourchette percuta quelque chose au-dessus de nos têtes alors que nous dévalions les escaliers, je pouvais encore entendre la femme prise de furie crier au-dessus de nous.

Nous avions atteint la rue, aucun policier en vue, et Mr. Soper était anxieux comme je ne l'avais jamais vu auparavant, ses yeux étaient inhabituellement agités, son visage était d'une blancheur telle que j'avais peur qu'il fût malade. Je pensai à tout ce temps qu'il avait dû passer seul à étudier cette affaire. D'abord le pot-de-vin, et maintenant ce mensonge impliquant la police. Était-ce vraiment un mensonge ou s'agissait-il d'un plan dont il ne me parlait pas ? Je me sentais inutile, comme si je n'avais pas fait mon travail, comme si je n'avais pas lu ses notes. J'avais raté des informations très importantes. Sur le chemin du retour, j'étais confuse et furieuse contre moi-même, et contre Mary, et contre cette confusion qui émanait de cette affaire. Mr. Soper avait traité Mary de tueuse. Ses mots résonnaient dans mon esprit, *sales Irlandais*.

Est-ce bien ce que Mr. Soper pense d'elle ?

## *6 janvier 1907*

*Toute cette* histoire est devenue tellement étrange et tordue, je parviens à peine à déterminer ma place ou encore à déterminer mes sentiments. Je suis choquée, ne faisant même pas confiance à mes propres pieds qui foulent le sol, et c'est bien tout ce dont je peux être sûre. Peut-être était-ce mon désespoir, mon besoin de comprendre, je n'en sais rien...

Après être rentrée de chez Mary, je ne parvenais pas à trouver le sommeil. Je passai la nuit à regarder la lune se lever et se coucher, me sentant très seule. Je décidai de retourner au bureau et de fouiller les notes de Mr. Soper, je devais remonter jusqu'au moment où j'étais allée voir Anushka, et même auparavant, pour voir ce qu'il s'était passé. Il n'y a qu'ainsi que je comprendrai l'attitude imprévisible de Mr. Soper, pensai-je.

Je laissai un mot à Marm et m'habillai avant l'aube, alors que les premiers tramways commençaient leur service. Je me dépêchai dans le froid matinal pour atteindre la Quatorzième Rue.

Notre bâtiment était déverrouillé; je pensai que les nettoyeurs étaient déjà au travail, puis j'entrai. Et au lieu de tourner à gauche pour rejoindre notre bureau, quelque chose me força à m'arrêter. Le laboratoire. Personne ne devrait être là si tôt. Quelque chose commença à me chatouiller, la curiosité de ce que pourrait être cette salle sans tous ces yeux qui m'observaient. Je tournai à droite et pénétrai dans ce grand laboratoire. Je pouvais voir, à travers les portes en verre, que les globes étaient allumés, mais pas une âme en vue. Je décidai d'entrer, d'explorer encore un peu. Je me penchai sur le premier bureau et touchai le microscope d'un doigt. Je fermai les yeux et m'imaginai ce que cela devait être de travailler ici toute la journée, d'étudier notre monde de l'intérieur, et la sensation était incroyable. À ce moment-là, je me sentais tellement heureuse, comme si je comprenais mon but dans la vie. Puis j'entendis quelqu'un dire :

– Tu me cherches ?

Je me retournai et vis ce scientifique si particulier, de l'autre côté de la pièce, sortant d'un placard. Derrière lui, des rangées entières de bocaux étincelant comme des dents. Je me redressai, prise sur le fait.

Il tenait une bouteille de poudre blanche qu'il posa. Doucement, il commença à avancer vers moi, son visage tourné dans ma direction comme un loup. Je voulais reculer et prendre mes jambes à mon cou, mais la porte semblait si lointaine, et mes jambes me faisaient l'effet de deux troncs.

– Quelle bonne surprise ! Tu es venue me voir. Je ne peux pas dire que je m'y attendais, dit-il tout en avançant vers moi.

J'étais comme hypnotisée par le scintillement de ses yeux. Mes bras fourmillaient, jamais il ne m'avait fait peur auparavant, mais là, dans ce bâtiment vide, il semblait bien plus grand que moi.

– Je sais que tu es venue ici avec Mr. Soper l'autre jour simplement pour être près de moi.

Je n'en revenais pas :

– Que voulez-vous dire ? demandai-je.

– Tu t'en fichais bien des germes de la typhoïde.

Il s'assit sur le bureau à côté de moi. Positionné de la sorte, il me faisait de l'ombre, comme un arbre.

– Tu m'aimes bien, hein ?

Ses mains semblaient prêtes à me toucher. Je croisai les bras sur mon torse.

– Mais... Je ne vous connais même pas, rétorquai-je.

Une drôle de sensation m'emporta, j'étais persuadée que, si je me mettais à courir, il me pourchasserait.

– Mais bien sûr que tu me connais.

Il était si proche que je pouvais sentir son haleine chaude. J'essayai d'empêcher ma voix de trembler quand je lui demandai :

– Pourquoi me parlez-vous ainsi ?

Il rit et s'approcha de moi en glissant.

– Je ne ferai pas ça, m'étranglai-je.

J'essayais de ne pas montrer ma peur, pourquoi ne parvenais-je pas à bouger mes pieds ? Seulement quelques pas en arrière ?

– Oh, vraiment ? Même pas un petit baiser ? Tu es toujours si sérieuse. Je veux juste te donner un petit baiser pour te faire sourire.

J'essayai de me reculer, mais mes jambes étaient raides. Je sentais des larmes me piquer les yeux, mais je réussis à ne pas pleurer. Je secouai la tête.

Il se pencha au-dessus de moi, puis je détournai le visage, retenant mon souffle tout en sentant sa bouche s'approcher. Dans mon esprit, je le repoussais... J'entendis une porte s'ouvrir derrière lui, puis une voix s'écria :

– Mais bon sang, que se passe-t-il ici ?

J'ouvris les yeux et je vis, à mon grand soulagement, que c'était Mr. Soper. Le scientifique se recula en me pointant immédiatement du doigt :

– C'est elle qui est entrée ici.

Me rappelant la raison pour laquelle j'étais réellement ici, je sentis ma bouche s'ouvrir en protestation, mais aucun mot n'en sortit. Je ne parvins qu'à secouer la tête, effrayée de ce que la scène pouvait bien représenter.

Le scientifique ajouta :

– J'essayais de travailler, mais elle m'a interrompu.

Je recouvris mes joues de mes mains. Je ne pouvais pas regarder le visage de Mr. Soper ; mes yeux étaient rivés sur mes chaussures.

– Prudence, pourquoi es-tu là si tôt ? demanda Mr. Soper.

Je secouai la tête. Je ne pouvais pas lui dire que je voulais fouiller ses notes privées.

– Tu pourras terminer ton travail plus tard, Jonathan. Attrape ton manteau, va voir si les échantillons du laboratoire Robertson sont prêts. Je vais me charger de cette situation, ordonna Mr. Soper.

– Merci, monsieur, souffla le scientifique.

Je pouvais sentir mes mains former des poings tout en regardant ce garçon mettre son manteau et quitter la pièce.

Le froid avait envahi le visage de Mr. Soper tandis qu'il refermait la porte derrière lui.

– Je dois bien l'admettre, je suis réellement choqué et surpris par ton comportement. Il est totalement inapproprié, dit Mr. Soper, le visage dégoûté, comme s'il venait de tomber sur un rat des quais.

Je ne trouvais toujours rien à répondre.

– Peut-être ai-je commis une grave erreur en t'engageant.

– Non ! m'exclamai-je, le mot m'échappant.

– Peu de femmes travaillent ici, et peut-être qu'il y a une bonne raison à cela. Leur simple présence est une distraction, mais j'ai pensé que tu étais différente, plus avancée que ton sexe. Je vois maintenant que j'avais tort.

– S'il vous plaît, non, dis-je en trouvant son regard. Mr. Soper, je vous en prie, ne pensez pas que vous vous êtes trompé à mon sujet. Je ne connais pas ce garçon, je me fiche complètement de lui.

– Que faisais-tu ici alors, Prudence ? demanda-t-il, le visage toujours fermé.

Je lui dis que les lumières étaient allumées et que j'avais été terriblement curieuse. Je lui parlai du comportement que le garçon avait envers moi depuis le début et de ses avances. Je me mis à pleurer ; je ne pouvais pas me contrôler. Je restais là, recouvrant mon visage humide de mes mains, essayant de cacher mes larmes. Je voulais cesser de pleurer, lui prouver que je n'étais pas une fille, et cela ne fit qu'accentuer mes pleurs.

Mr. Soper sortit son mouchoir et s'approcha de moi, séchant mes joues avec des mouvements gauches.

– Je suis désolée, sanglotai-je. Vraiment désolée.

Mr. Soper soupira, et je pouvais sentir le tissu brut de son manteau contre ma joue alors qu'il s'approchait pour me donner une tape dans le dos.

Près de mon oreille, je l'entendis dire :

– Quelqu'un de si jeune et de si charmant ne peut qu'apporter des soucis.

Je sentais son parfum, une eau de Cologne doucereuse, et j'appuyai mon front dans le creux de son bras. Il étira doucement son bras, me repoussant alors qu'il redressait ses épaules. Il essuya mes dernières larmes à l'aide de son mouchoir.

– Nous allons faire demander une voiture pour te ramener chez toi, Prudence. Tu pourras revenir demain quand tu te sentiras mieux.

Je ne voulais pas le quitter à ce moment-là, mais je pouvais lire sur son visage que je n'avais pas le choix ; je remis mon chapeau et lui dis que le garçon habitait à deux rues de chez moi et que je craignais un autre incident.

La mention du garçon sembla le déranger et il répondit que le fait d'avoir été pris la main dans le sac devrait, espérait-il, l'avoir assez gêné pour qu'il ne cherchât plus à m'ennuyer davantage.

Doucement, mon chef me mena jusqu'à la rue par le bras. Je ressentais une tension dans mon torse. Les mots qu'il avait murmurés se répétaient dans mon esprit. Mr. Soper avait dit de moi que j'étais charmante.

La force de mes sentiments pour lui me submergea.

Alors que je grimpais dans la voiture, je regardais son visage, me demandant s'il ressentait la même chose pour moi, mais une inquiétude toute paternelle s'était emparée de lui, et je le sentais comme inatteignable. Il dit quelque chose concernant le bureau et notre travail, puis il paya le conducteur et me fit partir. Quand j'arrivai à la maison, Marm était déjà partie pour la naissance du petit Junger.

Me voici assise, aux prises avec cet état émotionnel, essayant de le dompter. Je réalise que je ne sais rien de l'amour. C'est comme si j'avais bu du poison, un poison qui me fait perdre l'équilibre, qui me donne une soif insatiable, non pas d'eau, mais d'une vision de mon chef. J'essaie de prendre du recul, d'être scientifique et détachée. C'est afin que deux personnes s'unissent, me dis-je, que les humains sont dotés de ce sentiment. Est-ce que cela veut dire que je souhaite aimer Mr. Soper ? Cette idée m'effraie, je n'ai jamais embrassé un garçon, encore moins un homme. Je ne peux pas vouloir l'aimer.

Je veux seulement retourner au travail, être près de lui.

Peut-être devrais-je me faire porter malade, rester à la maison et parler à Marm jusqu'à ce que ce sentiment se dissipe. Mais je pense à l'avertissement de mon ancienne professeure, Mrs. Browning, et cela est désormais impossible.

Je pourrais parcourir les rues toute la journée pour que ce sentiment me quitte et disparaisse parmi les bâtiments. Mais je ne pense pas que ce serait si simple.

Je ne me reconnais pas. Je ne veux pas être moi-même. Je veux retrouver mon innocence. Je dois la retrouver, je dois la faire revenir. Je passai une grande partie de la journée à décrire mes sentiments dans une lettre destinée à Anushka, je l'implore de me donner un avis.

J'attends demain avec impatience, pour le revoir.

## *7 janvier 1907*

*Au son* des cloches de l'église, je m'habillai, je déjeunai avec Marm et j'allai au travail.

Quand j'arrivai, la première personne que je vis était le scientifique, qui baissa la tête avec des yeux de chien battu avant même que je pusse détourner le regard. Cela me fit l'effet d'une excuse, mais je n'avais pas l'impression de pouvoir l'accepter. J'entrai dans le bureau de Mr. Soper, mais il n'était pas là. Je pris une grande bouffée d'air frais pour sentir son eau de Cologne, qui semblait me parcourir comme un fleuve d'argent. Sur mon bureau, je trouvai une note avec son écriture : « Miss G., en réunion avec Mr. Briggs concernant M. M. Je reviendrai pour l'heure du déjeuner, Mr. S. »

Il avait enfin renoncé.

Je pliai le mot et le plaçai dans le tiroir de mon bureau avec précaution. Je cherchai les notes de notre affaire de typhoïde, mais Mr. Soper les avait toutes amenées à Mr. Briggs pour leur réunion concernant Mary Mallon. Je ne pourrais jamais les réexaminer; même le journal privé de Mr. Soper n'était plus là. Je rangeai mon bureau et parcourus la multitude d'autres affaires, distraite chaque fois que j'entendais des pas ou une porte se fermer. Enfin, Mr. Soper revint.

Je relevai la tête de ma machine à écrire et fus saisie par les beaux traits de sa joue. Je constatai que la réunion occupait ses pensées, je lui posai donc des questions. Il semblait ne pas m'avoir remarquée auparavant et il répondit que Mr. Briggs avait écouté, qu'ils avaient discuté de différentes manières d'approcher Mary et que Mr. Briggs nous ferait bientôt part de sa décision. Il dit aussi qu'ils avaient appelé l'hôpital et que la petite fille qui était tombée malade avait *succombé.* Quand ils avaient appelé la résidence, ils avaient appris que Mary avait *démissionné.* Je me levai et allai à son bureau.

Je me sentais idiote d'avoir des sentiments rêveurs pour Mr. Soper alors que cette femme, cette cuisinière, cette tueuse probable était dans la nature.

– Est-ce que vous savez où elle se trouve ? demandai-je.

Il acquiesça doucement :

– Nous avons appelé les gestionnaires de son bureau pour les informer de l'épidémie, et ils ont dit qu'ils l'avaient assignée à une nouvelle maison, celle des Bowing, une famille de six personnes dans le West Side. Ils étaient plutôt malpolis, à dire vrai. Il semblerait qu'ils perçoivent une commission pour Mary Mallon qu'ils ne veulent pas perdre, et ils s'inquiètent de leur réputation. Je pense que nous devrions prévenir la famille d'une façon ou d'une autre, mais c'est risqué, et je ne veux pas faire peur à Mary une nouvelle fois. Nous devons attendre que Mr. Briggs nous recommande une action. Je lui ai dit que Mary Mallon est un vrai danger et qu'un policier ne serait pas de trop.

Mr. Soper se frotta le front si fort que je ressentis un petit désespoir. Il pensait donc bien appeler la police. Il continua :

– Prudence, je ne veux plus que tu entres dans ce bâtiment seule, est-ce que tu comprends ce que je veux te dire ?

Je le regardai, il avait cette lueur rouge sur le visage qu'il a quand il ne dort pas beaucoup.

– Bien sûr, Mr. Soper. J'ai compris la leçon.

Il opina du chef et me donna un nouvel in-folio.

– Travaille à cela pendant qu'on attend des nouvelles de Mr. Briggs.

Je le saisis et commençai à transcrire des notes d'une nouvelle affaire, mais je n'arrivais pas à me concentrer. Nous attendîmes Mr. Briggs toute la journée mais, arrivée la soirée, nous n'avions toujours aucune nouvelle. Je ne parviendrai pas à me concentrer sur l'une de nos autres affaires tant que Mr. Briggs ne nous aura rien dit pour Mary Mallon.

J'essaie de me défaire de mes sentiments pour mon chef, de les enfouir au plus profond de cette caverne que je peux être, mais ce n'est pas aussi simple. C'est exactement comme une maladie, ce sentiment, comme une faim qui ne s'éteint jamais. Mon cœur me fait l'effet d'une blessure béante.

## *14 janvier 1907*

*Le postier* m'apporta la réponse d'Anushka ce matin, et se trouvaient dedans les sages mots d'une amie dotée d'une grande expérience. Sa compassion, mais plus encore sa franchise me pénétrèrent comme une barre de fer. Cela m'aida grandement à voir la vérité en face : Mr. Soper ne me portera jamais les mêmes sentiments. Comprendre que, peu importe ce que je fais, je ne serai rien de plus à ses yeux qu'une fille du bureau, une assistante, peut-être une personne à l'esprit scientifique, mais jamais une femme, m'aida beaucoup. Après avoir accepté ce fait (et pleuré un seau de larmes), je pouvais passer à ses trois règles de comportement face à l'amour interdit : ne rien dire, ne pas s'énerver, jouer la comédie. Je pense à elle à travers ces règles, aux attitudes qu'elle avait en présence de son Randall, et je reste calme comme un cadavre.

Mr. Soper avait été complètement pris par notre affaire avec la cuisinière, surtout après avoir eu des nouvelles de Mr. Briggs. Il semblerait que notre directeur eût parlé de notre dossier avec de nombreuses personnes, dont ses collègues du quatrième étage, où une femme médecin dirige le centre mère-enfant du département. C'était la première fois que j'en entendais parler (de la femme médecin et du centre). L'idée d'une femme docteure m'inonde d'émerveillement. J'imagine une créature costaude et laide qui se sera frayé un chemin dans le monde des hommes. Les questions m'assaillent comme des abeilles : comment est-elle devenue docteure ? (Je ne savais pas qu'on permettait aux femmes de faire l'école de médecine !) Quel effet cela fait-il d'être entourée de docteurs masculins ? (Comme je l'avais appris, certains hommes de science voient les femmes comme des objets de procréation plutôt que comme des êtres doués de conscience.) Pourrais-je lui parler ? Mais la plus grosse question : pourquoi Mr. Briggs avait-il choisi de discuter de notre affaire avec elle ? (Je sais très bien que les problèmes des mères et de leurs enfants constituent un domaine bien distinct de notre travail sur l'épidémiologie. Que saurait-elle des recherches à mener sur une maladie ? En quoi serait-elle utile ?)

Mr. Briggs et plusieurs des directeurs du département s'étaient réunis. Il fut décidé que la Dr Baker (la femme docteure) serait affectée à notre affaire et, une fois qu'elle aurait lu nos notes et établi un plan avec Mr. Soper, elle nous accompagnerait, avec un policier, au manoir West Side où Mary travaille actuellement.

Quand j'entendis parler du policier, je me sentis très mal, j'avais le sentiment que l'affaire avait atteint un point très bas. J'aurais aimé parler à la cuisinière seule, la supplier de voir la vérité et de ne pas nous répondre avec une telle violence. Nous essayons simplement de faire ce qui est correct, et c'est vrai ; c'est horripilant qu'elle ne parvienne pas à comprendre cela. J'essaie de me représenter sa vie, ces étrangers qui continuent de l'aborder, la piste de personnes enfiévrées qu'elle laisse derrière elle, à quel point elle doit se sentir acculée. Elle n'a personne avec qui parler de ce qui lui arrive. Je ne peux qu'imaginer comment elle répondra à cette femme docteure, à la police, et à nous, encore une fois, à sa porte.

## *18 janvier 1907*

*Ce soir,* je vais accompagner Marm et Mr. Silver au cinéma, ce qui me fera penser à autre chose qu'à cette affaire le temps de quelques heures bénies. J'avais été en leur compagnie candide trois fois, et c'est un gentleman dans tous les sens du terme. Il traite Marm avec une telle bonté et une telle générosité, et moi aussi, que je peux sentir des vrilles d'attachement pousser dans sa direction. Je sens mon cœur se fendre, mon amour le plus pur toujours dirigé vers mon père, et pourtant brisé par une affection naissante pour Mr. Silver. J'ai peur que le fragment dédié à mon père soit en train de se réduire ; les couleurs de mes souvenirs de lui sont en train de se ternir. Il est devenu un sentiment, une envie que j'aimerais assouvir.

Mr. Silver est tellement vivant, nous marchons bras dessus bras dessous avec lui dans la rue, et il peut donner le nom de toutes les nuances et formes qui font le monde ; il voit la lumière et l'ombre avec la vision d'un artiste, et il dessine si bien, j'envie son talent ! La semaine dernière, chez tante Rachel, je lui avais montré certains de mes croquis, qu'il corrigea délicatement en perspective, mais il les encensa également, même si je pense que mes talents sont limités dans ce domaine. Comme Marm, il fut forcé de quitter l'école très tôt, mais il avait décidé de s'améliorer, et je sais que c'est un trait que Marm admire chez quelqu'un, davantage que n'importe quelle autre qualité.

Je me sens coupable d'estimer cet homme, et pourtant je lui suis reconnaissante d'égayer Marm ainsi.

Car, ce soir, je nouerai ces rubans de sentiments voletant et je vais simplement apprécier sa compagnie.

## 19 janvier 1907

Je me sens toujours comme *extérieure* à l'action, l'observatrice qui écrit ce qu'il se passe, et je ne sais si je pourrai un jour être à l'*intérieur*, si je comprendrai un jour réellement le fonctionnement du monde de la science. Cela me paraît aussi impossible que les raisons pour lesquelles nous naissons pour mourir.

Cette idée m'était venue quand j'avais ouvert le paquet surprise envoyé par ma chère Anushka, un exemplaire du livre *Gray's Anatomie**, accompagné d'une courte note :

***La poursuite de la connaissance est le bonheur, mon amie. En tant que femmes, nous devons nous le permettre.***

Je ne sais pas pourquoi je doute autant ce soir. C'est peut-être l'attente : au bureau, nous attendons que cette femme docteure lise nos notes, nous attendons que la police nous rejoigne, nous attendons pour attraper Mary, qui fait toujours comme bon lui semble et répand encore la maladie, nous réfléchissons. Tous ces éléments me donnent une nouvelle fois l'impression que tout se passe au-dessus de moi, et je désire grimper assez haut pour voir ce qu'il se passe à l'*intérieur*.

* NdT : en version originale : *Gray's Anatomy*.

Ce *Gray's Anatomie* ressemble beaucoup à celui qui était dans la librairie du père d'Anushka, je me rappelle quand nous l'avions découvert dans son arrière-boutique. Je parcours les pages ; les illustrations me paraissent désormais tellement plus complexes. J'imagine que nous n'étions pas assez mûres à l'époque pour comprendre ce que nous regardions. Nous murmurions les étranges noms qui composent le corps de l'homme et de la femme (avec son père travaillant à quelques mètres de là !) et notre émerveillement : qu'est-ce que cela doit être d'ouvrir un corps et de regarder à l'intérieur, tous ces intestins et ces os et ces muscles ? Voir les entrailles avec une telle précision, connaître chacune des parties et leurs fonctions, qu'elles soient grossières ou non. Oui, voilà ce que doit apprendre un scientifique.

En observant le livre, je ressens toujours cette excitation, mais le voyage menant à une connaissance réelle et profonde que j'aimerais atteindre dans le domaine des sciences me paraît de plus en plus insurmontable.

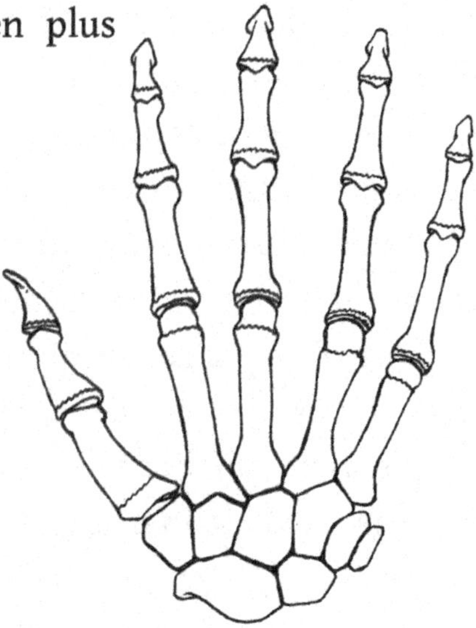

## 22 janvier 1907

J'avais rencontré la fameuse femme docteure. Contrairement à mes idées préconçues, elle n'était ni large ni laide. À dire vrai, elle n'est pas si simple à décrire.

Elle était entrée dans notre bureau après avoir lu nos notes sur Mary Mallon. J'étais assise à mon poste, elle était face à mon chef, et ils commencèrent à discuter de l'affaire. Même si je comptais bien prendre des notes de leur conversation concernant nos prochaines actions, mes yeux se refusaient à la quitter : la raideur de son tailleur vert, ses boucles brunes, ses lunettes argentées, même l'odeur de l'air frais qui s'accrochait à elle me fascinaient. Elle était plus jeune que je ne l'avais imaginée, peut-être a-t-elle le même âge que l'amie d'Anushka, Ida, ainsi que ces manières de femme mature. À un point de leur conversation, mon nom fut mentionné, elle se tourna vers moi et me regarda franchement au-dessus de ses fines lunettes mais, avant que je pusse détourner mon regard, elle me sourit chaleureusement et se reporta sur Mr. Soper. Je parvenais difficilement à prendre des notes de tout ce dont ils parlaient, même si ma sténographie s'était grandement améliorée. La Dr Baker parla à Mr. Soper de son expérience de la maladie et de la mort chez les enfants mal nourris et négligés, et de la fermeté avec laquelle elle voulait améliorer cette situation. Elle dit avoir secouru beaucoup de bébés de parents alcooliques et affirma qu'elle comprenait ces gens plus pauvres, leur peur des inspecteurs de la santé et de quiconque menacerait leur manière de vivre. Elle avait fait usage de la force dans de telles affaires auparavant, et cela avait toujours fonctionné.

Je ne parvenais pas à imaginer la Dr Baker forcer Mary à fournir des échantillons. La convaincre avec des mots intelligents, peut-être, mais non la forcer.

Une fois sa discussion avec Mr. Soper terminée, la Dr Baker vint à mon bureau où je prenais des notes. Je relevai les yeux et fus surprise de son audace.

– C'est donc toi qui tiens des notes si nettes et si précises, dit-elle.

J'acquiesçai sous la lumière vive de son regard insistant.

– Tu sembles bien comprendre l'importance de tes données, et comment elles reflètent la situation, continua-t-elle comme si j'étais une associée.

Je jetai un coup d'œil à mon chef, qui avait un petit sourire satisfait. Il fit un bref hochement de tête dans ma direction, et je reportai mon regard sur la docteure.

– Oui, finis-je par dire.

– Est-ce que les sciences t'intéressent, Prudence? demanda-t-elle.

– Énormément, m'dame.

– Quel domaine?

Ma langue resta stoïque; je ne pouvais pas définir ce que je ne savais pas.

– La recherche? La chirurgie? La médecine? ajouta-t-elle.

Elle semblait réellement s'intéresser à ma réponse.

– Eh bien, m'dame, avant de vous rencontrer, je ne savais pas qu'il existait des écoles pour les filles comme moi, expliquai-je.

Elle me lança un regard interrogateur, je clarifiai donc mon propos :

– Ce que je veux dire, c'est que je ne savais pas que les filles pouvaient aller dans des écoles de science.

Elle porta une main à ses lèvres :

– Bien évidemment qu'il existe des écoles pour les filles comme toi, Prudence ! J'aimerais que davantage de filles le sachent ! Notre seule façon de progresser est de sortir des usines et d'aller à l'école.

Sa conviction m'autorisa à poser une question :

– Puis-je me permettre de vous demander dans quelle école vous êtes allée, m'dame ?

– J'ai fait l'École de médecine pour femmes de Pennsylvanie, répondit-elle.

Une école de médecine pour les femmes ! En Pennsylvanie ! J'essayai de m'imaginer à quoi cette école pouvait ressembler. Je voulais demander comment on pouvait avoir la chance d'y accéder et trouver la somme adéquate, que j'imaginais être bien au-delà des vingt et un dollars que j'avais épargnés. Mais je ne parvins qu'à acquiescer.

– Viens me voir dans mon bureau un de ces jours. Nous discuterons.

La commissure de ses lèvres se souleva pour former son chaleureux sourire.

– Cela me ferait très plaisir, m'dame.

Elle opina du chef une fois dans ma direction et une fois dans celle de Mr. Soper. Je compris alors pourquoi Mr. Briggs l'avait choisie pour approcher Mary Mallon. La cuisinière ne pourrait en aucun cas lui résister.

## *23 janvier 1907*

*La bassesse* dont nous faisions preuve, le décalage de nos actions par rapport à ce qui constitue des comportements acceptables me font souffrir. Je pensais que la présence d'une femme, de la raisonnable Dr Baker, convaincrait Mary de voir la vérité, mais cela ne fut pas le cas. En vérité, notre approche de la cuisinière fut violente ; elle me laisse un fort sentiment de culpabilité. Je repense à Mary ce soir, les coupures sur son visage, les griffures sur ses mains bleuies par le froid. Ses cris déchirants. Je continue de me demander encore et encore si ce que nous avons fait était bien nécessaire.

La journée avait commencé sous une ombre annonciatrice. La Dr Baker, Mr. Soper et moi nous étions retrouvés sur le trottoir devant le département et une voiture de la police arriva. Un agent descendit pour nous ouvrir la portière arrière, un homme gigantesque au nez cassé et aux yeux rapprochés qui me donnait l'impression d'être mort. Je connais des policiers, comme l'agent Donnell qui patrouille dans notre quartier, mais cet homme n'était pas comme l'agent Donnell. Dans son costume bleu avec son haut chapeau et son étoile dorée, sa taille et sa force semblaient rétrécir tout ce qui se trouvait autour de lui. Je grimpai dans la voiture la première, essayant d'éviter son gros visage. Le département pensait-il réellement que nous avions besoin d'une telle brute pour nous aider à prélever des échantillons de Mary ?

La bonne docteure se plaça près de moi, et Mr. Soper se faufila face à nous.

À l'arrière de la voiture froide se trouvaient deux bancs vides qui avaient accueilli des hooligans et des hors-la-loi ; au volant se trouvait un autre agent dont le large cou n'avait rien à envier à celui du premier. Nous roulâmes jusqu'à une grande maison en grès rouge de West Side et accrochâmes les chevaux et la voiture. Le jardin à l'avant était rempli de luges et de jouets d'enfants, ainsi que d'une bonne femme de neige en piteux état (il y avait eu des chutes de neige, huit centimètres environ).

La Dr Baker grimpa les marches seule alors que nous attendions sur le trottoir. Je m'imaginai Mary faisant sauter la porte de ses gonds en l'ouvrant et la chassant à coups de couteau, et j'étais un peu soulagée que les agents fussent avec nous. La docteure fit sonner la cloche. Une servante âgée répondit, la docteure se présenta et demanda Mary Mallon. La femme jeta un regard au groupe et dit qu'elle revenait immédiatement. Elle ferma la porte au nez de la Dr Baker sans l'inviter à entrer.

Nous patientâmes une minute. Puis deux. Puis cinq. La Dr Baker sonna une nouvelle fois.

La porte s'ouvrit et un autre serviteur passa la tête, un vieil homme de petite taille, qui s'excusa, car personne n'était à la maison. Il fit un pas en arrière comme pour se retirer. La Dr Baker étendit ses bras et ouvrit la porte plus grand, faisant presque tomber le vieil homme. Elle fit signe à notre groupe au bas des escaliers.

– Je vais devoir demander à ces agents de fouiller les lieux à la recherche de Mary Mallon, dit la Dr Baker.

Elle fit reculer le vieil homme dans le couloir. Les agents commencèrent à grimper les escaliers.

Mon cœur s'arrêta. Je vois désormais exactement ce qu'elle voulait dire par « force ». Le vieil homme essaya de l'arrêter :

– Mais personne n'est présent, miss...

– Nous allons nous en assurer, dit la Dr Baker.

Elle disparut dans la maison, les agents sur ses talons. Mr. Soper suivit ces derniers.

Mon estomac se tordait ; je ne voulais pas participer à cette invasion. J'hésitai puis, malgré mes réticences, je me dépêchai de grimper les escaliers.

La matinée couverte faisait pénétrer peu de lumière dans les salles. J'entendais des serviteurs inquiets qui faisaient semblant d'aider la Dr Baker, mais au lieu de cela ils l'obstruaient un peu, en soulevant des tapis et en lui donnant de mauvaises indications.

– Vous savez, la maîtresse des lieux devrait être bientôt là. Elle est allée déposer les enfants chez leur grand-mère. Si vous voulez bien attendre dans le parloir...

– Bien sûr, Mary est arrivée ce matin, mais je crois qu'elle est partie...

– Non, je l'ai vue dans la salle de dessin...

– Oui, elle était dans le garde-manger...

Les agents poussèrent les serviteurs et montèrent à l'étage de la maison, alors que Mr. Soper suivait la docteure vers la cuisine. Je me sentais mal ; je freinais autant que je le pouvais. Je pensais que nous serions pris à chaque instant et que nous serions incapables de fournir une explication, nous baladant ainsi dans la maison sans une invitation en bonne et due forme.

Pourtant, mes pieds me portaient plus avant, vers la cuisine, où la Dr Baker ne semblait en rien troublée par sa morale. Sa main était près du poêle et pointait en direction de l'eau qui bouillait dessus et des morceaux de viande déposés sur la planche à découper.

– Je ne pense pas que ce foyer nécessite deux cuisiniers, n'est-ce pas ? demanda-t-elle, soulevant ses sourcils au-dessus de ses lunettes.

Je n'arrive toujours pas à croire ce qu'elle fit ensuite.

La docteure commença à ouvrir les placards sous l'évier en grand. Mr. Soper fouilla le garde-manger. Leur audace me paralysa pratiquement, jusqu'à ce que Mr. Soper dît :

– Aide-nous, Prudence ; nous devons la trouver !

Le tranchant de sa voix prit ma surprise de court. J'examinai la salle de stockage du bois, le placard à balais et j'ouvris même le réfrigérateur. Je fouillai des placards et regardai sous des chaises et dans des coffres. Au-dessus de nos têtes, nous pouvions entendre les pieds des policiers marcher lourdement d'une pièce à une autre, appelant Mary. Je jetai un œil dans le jardin arrière par la fenêtre.

Des traces de pas dans la neige.

– Regardez ! criai-je à l'intention de Mr. Soper.

Il vint à mon niveau et pencha sa tête vers l'avant. Le jardin était délimité par une clôture, avec une grille ouvrant vers une route arrière. Tout autour se trouvaient les façades arrière de grandes maisons de grès et les longs rectangles dessinés par les autres jardins. Les traces étaient nombreuses et différentes.

– Il y a une grande chance qu'elle se trouve là, dehors, dit-il.

Nous trouvâmes la porte arrière, la déverrouillâmes et sortîmes. Nous suivîmes des traces de pas d'enfants menant aux balançoires, aux meubles de jardin et à la fontaine à oiseaux ; des traces adultes menaient à la cave à charbon (qui ne contenait que du charbon), au bois (derrière lequel personne n'était caché) et en direction de la grille à l'arrière, où elles se confondaient rapidement avec des douzaines d'autres traces de pas sur la route.

Mary pouvait s'être réfugiée dans n'importe laquelle des maisons voisines.

La Dr Baker nous suivit à l'arrière de la demeure, les mains sur les hanches, son souffle formant de la vapeur à la bouche.

– Je refuse d'admettre qu'elle ait disparu, dit-elle.

Les policiers nous rejoignirent à l'arrière, et nous allâmes dans les jardins voisins et frappâmes à des portes. Je restai proche de mon chef alors que la Dr Baker s'aventurait seule et que les agents se séparaient. Nous cherchâmes partout, sous des bâches, dans des cabanes, derrière des établis, dans tous les jardins proches de notre maison. Je commençais à m'habituer à rentrer sur une propriété privée de mon plein gré, à ce dédain qu'une étoile en cuivre pouvait nous donner au regard de la loi. Nos agents étaient la loi.

Un cri se fit entendre depuis une rue plus loin :

– Police ! Police ! dit la voix de la Dr Baker.

Nous accourûmes tous dans sa direction ; elle se tenait près d'un escalier en briques et d'une petite porte en fer qui se trouvait en dessous. Nous restâmes là, nous attendant à voir Mary.

– Là !

La docteure pointa du doigt une fissure où du vichy bleu voletait au vent.

L'un des agents se dirigea vers la porte et l'ouvrit sans ménagement. Mary se trouvait là, frigorifiée, les lèvres bleu pâle. L'agent s'approcha d'elle ; elle sauta hors de sa cachette et lui griffa la joue. Elle courut dans le jardin. L'autre officier la plaqua ; elle tomba la tête la première dans la neige. Le policier se débattit avec elle au sol, essayant de lui tenir les mains, poussant son visage contre le sol. Elle cria :

– Me touchez pas ! J'ai rien fait ! Vermines ! Tricheurs ! Lâchez-moi ! Je vous ai rien fait !

Je pouvais à peine me forcer à regarder la scène alors que l'un des agents saisissait ses poignets pour les immobiliser, et l'autre lui passait les menottes. Elle continuait de crier :

– Laissez-moi, relâchez-moi !

Son visage et ses mains étaient à vif et couverts de griffures dues à l'altercation. Le premier officier la saisit sous les aisselles et le second la prit par les pieds. Ils la transportèrent, alors qu'elle donnait des coups de pied et criait, jusqu'à la voiture. L'agent l'enchaîna au banc. Mary cria :

– Nom de Dieu, laissez-moi partir ! Vils serpents ! À l'aide ! Que quelqu'un m'aide, je vous en prie !

– Laissez-moi m'assoir près d'elle, dit la Dr Baker en poussant les agents.

Elle souleva ses jupons et grimpa à l'arrière avec Mary, qui continuait à crier. Les passants s'arrêtaient pour regarder de quoi il retournait.

– Maintenant, on se tait, dit la Dr Baker à Mary d'un ton ferme. Nous allons vous conduire directement à l'hôpital, où vous nous donnerez un échantillon de vos fluides. Quand nous aurons les résultats, nous vous laisserons partir.

– Relâchez-moi ! À l'aide ! Que quelqu'un m'aide !

Mr. Soper et moi montâmes avec la femme qui hurlait encore, et les policiers nous firent filer à toute vitesse le long de l'East River, à destination de l'hôpital de détention pour les maladies contagieuses. Quand nous arrivâmes au bâtiment, Mary s'était enfin calmée, tel un animal battu, de la terreur et de la colère se lisaient dans ses yeux rouges.

La Dr Baker admit Mary pour un examen bactériologique complet. Elle fut placée dans une salle spéciale pour les analyses. Elle refusait de nous regarder alors que l'agent la menottait à une chaise. Elle continuait de respirer fort et de grogner pour elle-même, son tablier en vichy déchiré, ses cheveux mal coiffés, sa joue et ses articulations griffées. Elle fulminait de colère. La regarder me donnait envie de pleurer, de me détourner ou de m'agenouiller à côté d'elle pour lui expliquer la théorie, mais je restai dans mon coin, gelée sur place.

La Dr Baker demanda une bassine à une infirmière, ainsi qu'un plateau-repas. Elle s'assit devant Mary et lui dit d'une voix douce :

– Nous ne vous voulons aucun mal, miss Mallon, vous devez bien le comprendre. Vous devez coopérer avec nous. Cela rendrait les choses bien plus simples.

Elle prit les mains de Mary et les nettoya dans de l'eau chaude, le corps de Mary était raide dans sa chaise, son visage fermé et rouge.

– Si vous vouliez bien vous détendre, nous vous retirerions les menottes et ferions en sorte que vous soyez plus à l'aise, dit la Dr Baker.

Elle pansa les mains de Mary et nettoya les coupures qu'elle avait au visage avec de l'eau fraîche.

Je sentais que Mr. Soper étudiait Mary. Comment la Dr Baker et lui avaient-ils trouvé la force de subtiliser la cuisinière à sa vie comme ils l'avaient fait ? Je me demandais si, moi, j'en serais capable. Avais-je le courage de faire une telle chose ? Et était-ce la bonne chose à faire ? J'avais l'impression que nous avions enfreint la loi. Nous n'avions aucun mandat pour l'arrêter, aucun droit de fouiller la maison de son employeur. Sa typhoïde n'était encore qu'une théorie. N'étions-nous pas dans l'obligation de la relâcher ?

Un homme fin comme un rail, le Dr Parks, nous rejoignit. Il regarda Mary par-dessus ses lunettes et lui demanda :

– Miss Mallon, avez-vous déjà souffert de la fièvre typhoïde ?

Elle regardait ses mains bandées et ne répondit rien.

– Avez-vous déjà contracté une maladie grave comme la vérole, une fièvre ou la tuberculose ?

Toujours rien. Le docteur nous regarda. Mr. Soper secoua la tête.

– Nous devons vous prélever un peu de votre sang, maintenant, continua le Dr Parks.

Elle essaya alors de sauter de sa chaise, la terreur ayant regagné ses yeux. Les deux agents la maintinrent en place. La Dr Baker lui tenait le bras alors que le Dr Parks cherchait une veine. Je voulais faire quelque chose depuis le coin où je me trouvais, mais je ne parvenais qu'à observer alors que l'aiguille lui perçait la peau, ses cris me remplissant d'horreur.

Peu après, le Dr Parks lui fit avaler un fluide laxatif vert. Il parlait de Mary comme si elle était absente de la pièce :

– Comme nous ne sommes pas certains de la façon dont se produit la maladie dans son corps, il serait bon de lui faire des analyses quotidiennes pendant un temps. C'est un nouveau cas et nous devons l'observer avec attention.

À ces mots, Mary se releva dans sa chaise et dit :

– Je suis pas une expérience, vous pouvez pas me faire ça !

– Miss Mallon, je vous le jure, c'est le seul moyen, lui assura la Dr Baker.

– Je suis pas malade ! criait-elle. Pourquoi est-ce que vous pensez que je suis malade ? Vous êtes fous ? Vous êtes tous fous !

Elle essaya de libérer ses mains bandées en tirant dessus :

– Je vais bien ! Je vais bien ! Pourquoi est-ce que personne me croit ?

Elle était en train de se faire du mal, et notre présence n'aidait en rien. Quand l'infirmière apporta finalement son plateau-repas, les agents restèrent avec elle et les autres sortirent de la pièce. Depuis le couloir, nous pouvions encore l'entendre pleurer. Le Dr Parks nous dit :

– Une personne qui apprend pour la première fois qu'elle est porteuse d'une maladie contagieuse est souvent contrariée. Certains se refusent à coopérer pendant des jours.

– Au moins, elle est en quarantaine maintenant, dit Mr. Soper. Au moins, elle ne transmettra pas la typhoïde à cette famille-là.

– Donnez-lui un peu de temps pour se calmer, continua le Dr Parks. Nous pourrons discuter de son cas quand nous aurons des faits, d'accord ?

Je compris alors que nous allions la laisser là.

Le Dr Parks s'excusa pour retourner à son travail, et la Dr Baker partit, invoquant d'autres affaires dans le voisinage. Je sortis dans l'après-midi froid avec Mr. Soper, et je pouvais ressentir un vide entre nous sur le trajet vers l'arrêt de tramway, à présent que nous tenions enfin Mary. Au-delà de la question évidente : « est-ce qu'elle porte vraiment les germes de la typhoïde ? », il y a encore bien des inconnues dans son affaire. Quelle est son histoire ? Qui est-elle, et d'où vient-elle ? Nous serons peut-être confrontés au fait qu'elle ne nous réponde jamais. J'imagine que mon chef ressentait ce même vide, car il me congédia pour le reste de la journée une fois l'arrêt de tram atteint.

– Nous retournerons la voir bientôt, expliqua Mr. Soper. Notre enquête est très loin d'être terminée.

Ses traits semblaient tellement tirés et fatigués, je voulais lui toucher la joue et lui retirer sa fatigue. Au lieu de cela, je le regardai partir, la tête basse.

Je n'arrive pas à me défaire de ses cris perçants, de la terreur sauvage qu'elle avait dans les yeux quand la police l'avait plaquée au sol, des coupures fraîches sur son visage et ses mains. C'est une chose que de suivre la piste d'une maladie à travers des observations et des entretiens. C'en est une tout autre de mettre aux fers des êtres humains suspectés de porter des germes. En vérité, plus je pense à ce que nous avions fait, plus je me sens mal. Tout cela était totalement amoral. Est-ce ainsi que le département de la Santé et de l'Hygiène prévient la maladie ? Est-ce que je veux vraiment faire partie d'une telle organisation ? Et si Mary ne porte pas la typhoïde ? Nous l'avons déjà agressée et emprisonnée et lui avons refusé toute dignité, nous l'avons traitée comme une fugitive de premier ordre.

Que ferons-nous si nous avons tort ?

## 1er février 1907

Je suis humaine. Malgré mes aspirations à être purement scientifique, je ressens de la compassion, des horreurs et des peurs. Mais je veux être davantage qu'humaine, mieux qu'humaine : je veux être au-dessus et tout voir, comprendre la raison derrière le moindre fait. Je veux être la science pure, un cerveau pur, sans avoir autant de sentiments. Les sentiments m'obscurcissent. Et pourtant, j'en reviens toujours à ce triste constat : je suis humaine, je ne peux m'empêcher de me sentir mal pour une femme que nous avons emprisonnée, une femme qui porte une maladie et rend les gens malades.

Les analyses avaient finalement rendu leur verdict : Mary Mallon porte bien la bactérie de la fièvre typhoïde en elle.

Cette information définitive me fait l'effet d'un éclair. Il n'y a plus aucun doute à son sujet. Mais la façon dont nous l'approchâmes me hante encore, cela me perturbe au plus profond de moi-même.

Est-ce normal pour le département de traiter un être humain comme une maladie contagieuse ?

Je ne suis pas la seule dont les sentiments sont chamboulés.

Malgré l'explication personnelle de Mr. Soper sur la façon dont il avait sauvé les membres de la famille Bowing

de l'épidémie, ces derniers sont furieux que nous soyons entrés chez eux, que nous ayons fouillé leur maison sans mandat légal, touché à leurs affaires personnelles, effrayé leurs serviteurs et sali leurs sols, que nous ayons enlevé et emprisonné Mary si brusquement, sans raison apparente (Mary n'est pas malade, insistent-ils, et elle n'a rien à voir avec ce que clame le département). Ils exigent des excuses du maire lui-même et de chacun des politiciens qui dirigent un bureau de la ville, républicain et démocrate. Ils veulent que Mary Mallon soit libérée immédiatement, car, selon eux, elle est détenue illégalement. Même Mr. Briggs avait essayé de répondre à leur fureur à l'aide de faits, mais la famille a la morale de son côté et elle ne se laissera pas intimider par le département.

Le Dr Parks nous donne des résultats quotidiennement par téléphone :

Positive.

Positive.

Positive.

Huit jours, et cela inclut un week-end, et toutes les analyses de Mary, sang et excréments, chacun de ses résultats est positif à la typhoïde. Et chaque jour où il reçoit l'appel, Mr. Soper replace le combiné sur son réceptacle et l'observe. Il joint ses mains et les regarde. Je peux presque ressentir son impuissance. Je sens qu'il réfléchit à des questions difficiles : que va-t-on faire d'elle maintenant ? Comment la guérir ? Où devrions-nous la mettre ?

Comment expliquer toute cette affaire aux personnes étrangères au département ?

Nous nous rendîmes à l'hôpital pour lui poser davantage de questions. J'avais honte de lui rendre visite, et pourtant je m'en sentais obligée, comme si je pouvais discerner en elle quelque chose que je n'avais pas vu auparavant. Le Dr Parks nous mena au service dans lequel il l'avait assignée, avec les tuberculeux. Il dit que, là, elle serait moins affectée par les autres individus en quarantaine, et inversement. Le son de toutes ces femmes et de leur toux tuberculée si spéciale, de leurs poumons mous se déchirant, et ensuite de la remontée sanguinolente, tout cela créait un écho dans le couloir.

Mary était allongée sur son lit en métal, une femme de chaque côté, le voile de la misère jetant une ombre sur son visage déjà si gris. Je parvenais à peine à la regarder. Les bandages avaient été retirés de ses mains, et elle arrachait constamment ses croûtes. Je voulais m'approcher et calmer ses doigts nerveux. Lui dire quelque chose de gentil. Elle avait perdu du poids et ne releva pas la tête pour nous regarder.

Mr. Soper tapa son chapeau dans sa main et soupira, me jetant un regard inquiet. Je lui répondis en secouant la tête ; aucun de nous n'avait voulu que les choses se terminassent ainsi.

Il s'assit sur la chaise à côté du lit de Mary et lui demanda d'une voix calme :

– Miss Mallon, nous sommes venus vous voir aujourd'hui, car nous voulons vous expliquer le rôle essentiel que vous avez dans la propagation de cette bactérie envahissante. Vous êtes la première personne que nous ayons pu confirmer comme étant porteuse saine du germe de la typhoïde. Il est important que nous retracions la genèse de votre maladie.

Elle arrêta de toucher ses mains et pressa sa jupe contre sa jambe.

– Je suis pas malade, rétorqua-t-elle.

Mr. Soper ferma les yeux un instant. Il les rouvrit et dit :

– Malheureusement, les faits sont on ne peut plus clairs. Nous avons déterminé grâce à des analyses quotidiennes que vous êtes bien porteuse du germe de la typhoïde. Vous rappelez-vous avoir déjà contracté la fièvre, miss Mallon ?

– J'ai jamais été malade.

– Même pas enfant ?

Mary s'étira sur son lit et serra son oreiller contre son visage.

– Même un cas bénin, peut-être là d'où vous venez ?

Aucune réponse.

– Miss Mallon, plus nous en saurons, plus nous pourrons facilement vous aider, et peut-être même serons-nous capables de vous débarrasser de cette maladie, continua Mr. Soper.

Il était évident qu'elle refusait de croire que la maladie évoluait en elle. Après quelques autres questions, Mr. Soper soupira ; je rangeai mes notes et nous allâmes voir le Dr Parks.

Dans son bureau, le Dr Parks nous dit qu'il lui administrait une concoction systématique du professeur Herman. Une teinture de belladone et de chlorure, treize gouttes dans de l'eau chaude six fois par jour. Celle-ci était censée tuer les germes. Il ne savait pas quand cela ferait effet.

– C'est comme beaucoup de ces maladies contagieuses, commença le Dr Parks.

Il balançait sa main dans les airs.

– Nous ne pouvons rien faire d'autre qu'attendre.

Mr. Soper acquiesça, les yeux baissés.

– Cependant, nous avons découvert une chose sur Mary, ajouta le docteur.

Mon chef releva la tête ; j'humidifiai mon crayon de la langue, prête à écrire.

– Les infirmières ont appris qu'elle est arrivée d'Irlande à l'âge de quatorze ans après le décès de ses deux parents. Elle a fait la traversée seule.

– Comment ses parents sont-ils morts ? demanda Mr. Soper.

Le docteur secoua la tête :

– C'est tout ce qu'elle a bien voulu dire.

Mr. Soper se frotta les doigts tout en réfléchissant :

– Cela nous aiderait tant qu'elle nous parle de son passé.

– Nous ne pouvons pas la contraindre à parler, ajouta le Dr Parks.

Mr. Soper soupira :

– Oui, je sais bien.

Nous souhaitâmes une bonne journée au docteur. Alors que je suivais Mr. Soper vers la sortie de l'hôpital, j'imaginais Mary Mallon à quatorze ans après la perte de ses deux parents, et cette terrible tristesse qu'elle avait dû ressentir. Mais elle avait tout de même réussi à voyager seule vers l'Amérique, très certainement à bord de ces gigantesques bateaux à vapeur que les compagnies remplissent au maximum. Une fille seule, avec tous ces étrangers collés à elle, rien que d'y penser, j'en ai froid dans le dos. Elle avait certainement souffert du mal de mer au beau milieu de l'océan. Qui avait bien pu la réconforter alors ? S'était-elle fait des amis ? Quand elle était arrivée ici, comment avait-elle trouvé un emploi et un endroit où dormir ? Peut-être avait-elle commencé à travailler en arrière-cuisine et observé le cuisinier, apprenant ainsi sur le tas ? Je l'imaginais, une fille aux cheveux roux, endurcie par son passé difficile, se battant pour la moindre miette, la vie n'ayant rien de facile.

Soudain, je compris Mary grâce à cette toute petite information sur son passé. Je compris son amertume, sa ténacité et sa colère.

Pendant le repas, je parlai de l'affaire à Marm. Elle y réfléchit en soufflant sur sa soupe. Tant de choses avaient changé depuis que j'avais accepté cet emploi, et je pense qu'elle voulait me donner des conseils avisés. Après un certain temps, elle me dit :

– Cela va être compliqué pour toi de croire que ce que tu fais est juste, Prudence, car tu es une pionnière, et tu ne sais pas ce qui t'attend.

– On dirait bien que personne ne le sait. Personne ne comprend comment une femme en bonne santé peut porter la typhoïde en elle. Personne ne sait comment l'aider.

– C'est pourquoi on la garde en quarantaine, pour pouvoir l'étudier, expliqua Marm.

J'avais longuement réfléchi à la réponse de Marm. Je ne suis pas certaine d'avoir la force d'étudier Mary comme un insecte épinglé pendant assez longtemps pour résoudre l'affaire. Même me souvenir des filles qui sont mortes après avoir mangé la cuisine de Mary ne m'aide pas quand je la vois dans un service de tuberculeux. Avec des femmes mourantes, recrachant la contagion à chaque bouffée d'air. Pourtant, Mary est en pleine santé ! Ne pourrait-elle pas attraper leur maladie ? Comment pouvons-nous la protéger ? Elle ne peut pas retourner dans le monde. Elle ne peut pas rester là où elle se trouve. Ce purgatoire me perturbe.

Je souhaite vivement me pousser au-delà du sentiment humain pour atteindre les sciences. Pourtant, je ne parviens pas à rester de marbre. Je ne suis plus persuadée d'être prête pour une telle vie de l'esprit comme je l'étais avant.

## *6 février 1907*

*Je fis* un cauchemar terrifiant la nuit dernière. Mary s'était échappée de sa quarantaine et courait dans les rues de la ville, propageant sa maladie dans les foules. Les gens tombaient malades sur son passage comme lors d'une peste. Je ne sais comment, je l'avais vue et l'avais suivie jusqu'à la maison de Mr. Soper, un endroit illuminé de mille feux. Il dormait paisiblement dans un lit diaphane. Mary se tenait au-dessus de lui avec son regard sauvage d'animal piégé. Soudain, il se leva et, en voyant Mary, il se redressa de peur.

– Pourquoi me tourmentez-vous ? cria-t-elle d'une voix des plus éraillées.

Puis elle ouvrit la bouche terriblement grand, et je pouvais voir les germes ronds de la typhoïde bouillir en elle.

Puis elle me vit et hurla :

– Vous !

Je traversai à toute vitesse un couloir éblouissant, le bruit des pas de Mary me suivait. J'avais peur pour Mr. Soper, que j'avais laissé derrière moi. Je savais qu'il avait succombé à la fièvre. Je pleurais et l'appelais, bifurquais à droite, à gauche, évitant à peine Mary à chaque fois. Les virages et les escaliers de la maison étaient infinis. Je courus jusqu'à en perdre haleine et je tombai à terre, pleurant avec le peu de souffle qui me restait.

Mary arriva derrière moi, me suppliant :

– Aidez-moi, jeune fille ! Ne m'enfermez pas ! Ne m'oubliez pas ! Je vous en supplie ! Aidez-moi !

J'essayais de me relever, mais elle continuait de me faire tomber et de me supplier encore et encore.

Je me réveillai par terre, mon dos contre le poêle froid.

La terreur se fraya un chemin jusque dans mes os ; je me sentais malade. L'image de cette femme remplie de germes de typhoïde ne me quitta pas de la journée. Des sensations de mort et d'impuissance, des peurs bien trop profondes pour que je puisse les nommer, se répandent en moi. Cette sensation de perte m'envahit.

Et ce qu'il s'était passé avec Mr. Soper ce jour rend ma souffrance d'autant plus réelle.

Cet après-midi, Mr. Soper reçut un étrange appel téléphonique. Je travaillais à mon bureau, transcrivant son étude de l'affaire de Mary, écoutant d'une oreille distraite ses réponses. Attendant le rapport du Dr Parks, je remarquai le corps de mon chef se raidir et sa voix se baisser. Je le regardai furtivement, me demandant si c'était la famille Bowing, toujours énervée de notre intrusion dans leur intimité. Habituellement, Mr. Soper gère leurs doléances avec calme et rapidité. Mais, cette fois-ci, des couleurs prirent ses joues d'assaut. Il demanda à son interlocuteur de patienter et posa sa main sur le combiné.

– Prudence, lança-t-il. Peux-tu aller me chercher une feuille de papier dans le placard à fournitures ?

– J'en ai ici, répondis-je en fouillant dans mon bureau.

– Et de l'encre. S'il te plaît, va tout de suite au placard à fournitures et rapporte-moi une bouteille d'encre d'Inde, insista-t-il en montrant la porte. S'il te plaît, file.

Je me levai de mon bureau, en le regardant. Il voulait être seul pour cet appel. Il n'avait jamais fait cela auparavant. Était-ce une femme ?

Cet amour interdit que je contenais secrètement au fond de moi remonta à la surface. Je quittai la pièce.

M'étouffant sur ma jalousie, je fermai la porte doucement et restai à peine au-delà de la vitre, essayant d'écouter ce que mon chef disait sans avoir l'air trop coupable aux yeux des scientifiques qui passaient dans le couloir. Je me devais de découvrir qui était à l'autre bout du fil. J'entendis « un sujet privé », et « je ne peux pas en parler » et « Mr. Briggs », assez d'éléments pour comprendre que c'était un appel professionnel.

Mais le poison était désormais en moi.

L'amour s'était répandu dans ma poitrine et me vrillait l'estomac. Je me dépêchai d'aller au fond du couloir dans le placard à fournitures, repoussant la peur d'avoir perdu Mr. Soper. Mes mains tremblaient alors que je déverrouillais la porte. J'étais debout à regarder les étagères de papiers et de stylos, d'encres et de bouteilles, des étoiles blanches dansant devant mes yeux. Je travaille tant à cacher l'amour que je lui porte, à me rappeler les trois règles d'Anushka mais, en filigrane de tout cela, chaque instant de chaque jour, ce sentiment ne me quitte pas. Sa puissance, désormais libérée, me submergea presque. J'inspirai, essayant de ranger à nouveau mon sentiment dans cette petite boîte secrète dans laquelle je le laissais.

Mais c'était impossible.

C'était comme marcher jusqu'au milieu d'un pont, regarder de l'autre côté d'une longue et large rivière et essayer de piéger cette grandeur dans une petite boîte. J'y étais parvenue auparavant.

Désormais, cela m'est tout simplement impossible.

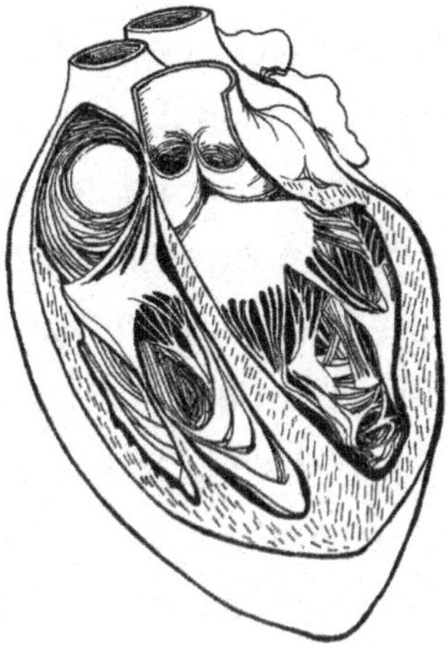

*Le cœur est une pompe*

## 8 février 1907

Je suis assise dans le bureau tous les jours avec mon chef, toutes mes cellules nerveuses exposées, sensibles au moindre de ses mouvements, à la moindre de ses paroles. J'aimerais pouvoir parler de ces émotions à quelqu'un, pour me libérer en quelque sorte. Mes lettres à Anushka ne me semblent plus suffire. Je dois parler à une autre femme, entendre ce qu'elle a à me dire, mais il n'y a personne. Mon esprit tend vers Marm, mais je ne peux pas lui parler de ce poison. Je pense à la Dr Baker ; au fond de moi, je lui porte une colère sourde après son bien pauvre traitement de Mary Mallon. Pourtant, je me demande comment elle avait géré ses propres sentiments. Je me demande si faire un métier d'homme l'aura rendue froide et forte. Pourrais-je apprendre à devenir comme ça ?

## *10 février 1907*

J'avais rendu visite à la Dr Baker dans la journée. Durant ma pause déjeuner, je pris congé du bureau et me faufilai dans les escaliers, pour aller au quatrième étage lui parler. J'avais le sentiment d'avoir besoin de réponses. Pas concernant Mr. Soper, mais me concernant. Des réponses qu'elle seule pourrait me donner.

Le quatrième étage est un long couloir, avec des salles aux parois vitrées de chaque côté. Des filles remplissaient des paniers de livraison avec de la crème et des œufs à une table ; sur une autre, des infirmières en blanc s'occupaient d'enfants au visage sale, des mères habillées de chiffons attendaient à proximité. Au mur se trouve un panneau : « AIDEZ UN ENFANT, DONNEZ AUX PAUVRES ».

Tout au bout du couloir, la Dr Baker était assise dans un bureau, son nom inscrit au pochoir sur une porte de verre. En la voyant, j'eus l'impression de voir ce que je pourrais un jour devenir, une femme avec son propre bureau dans un monde de médecine. Puis je décelai la détresse dans ses yeux. De l'autre côté de son bureau, un dandy faisait tourner son chapeau dans une main et brandissait un cigare dans l'autre. Je ne pouvais pas entendre leur conversation à travers la porte fermée, mais je m'inquiétais pour elle et je révélai ma présence de l'autre côté de la vitre. Son visage s'illumina quand elle me vit, puis elle opina et fit un signe comme si elle m'attendait. Elle s'excusa auprès de l'homme, se leva et m'ouvrit la porte.

– Entre, je t'en prie, Prudence, dit-elle en me faisant signe d'entrer.

Ensuite, elle se tourna vers l'homme :

– Oui, c'est tout ce que je peux vous dire pour le moment.

Il se leva doucement, lançant un regard suspect dans notre direction.

– J'aurai bientôt de vos nouvelles ? demanda-t-il.

– Oh oui, dans pas trop longtemps.

Des mots semblèrent se rassembler dans la bouche de l'homme, mais aucun ne sortit. Il se retourna et quitta le bureau.

La Dr Baker soupira et retourna à son fauteuil.

– Assieds-toi, je t'en prie, me dit-elle.

Je pouvais encore sentir la chaleur de l'homme sur la chaise. Je me glissai sur le bord et joignis mes mains, presque submergée par l'odeur d'eau de Cologne premier prix et la puanteur de cigare dans l'air.

La Dr Baker toucha ses boucles, retira ses lunettes et les nettoya. Son visage nu me surprit, avec la fine peau autour de ses yeux, sa faible vision. Je ne pensais pas qu'elle pouvait montrer une telle faiblesse. Je voulais poser des questions sur l'homme, mais cela ne me regardait pas. Quand elle reposa les lunettes sur son nez, j'eus l'impression que sa force lui revenait. Elle me lança un air interrogateur et demanda en quoi elle pouvait m'aider.

– Je... je veux vous parler de l'école, commençai-je.

– Ah, sourit-elle. Cela me donnerait du baume au cœur de te voir rejoindre la cause des femmes.

Je ne comprenais pas ce qu'elle voulait dire par « la cause ». Peut-être parlait-elle des suffragettes ? Je les avais vues marcher dans les rues afin que les femmes eussent le droit de vote. Leur voix est forte et, les bras liés en signe de protestation, elles ne semblent effrayées de rien. Marm les appelle aussi des pionnières, montrant la voie aux autres femmes.

– Quel âge as-tu, Prudence ?

– J'ai presque dix-sept ans.

– Et à quelle école vas-tu ?

– M'dame, j'ai quitté mon école pour travailler ici, répondis-je.

Elle saisit un stylo à encre sur son bureau et en tapa l'extrémité contre son buvard. J'eus l'impression que quelque chose en elle s'éloignait de moi.

– Est-ce que Mr. Soper sait que tu as quitté l'école ? demanda-t-elle.

– Je l'ai mentionné lors de mon premier entretien, m'dame. Mais je lui ai dit que je pouvais travailler, il m'a donc engagée.

– Eh bien, cela me semble assez négligent de sa part. Je croyais qu'il s'intéressait plus à ton avenir...

– Ce n'est pas de sa faute, m'dame. La décision de quitter l'école venait de moi. Je suis bien allée voir Mrs. Browning, elle-même, et j'ai essayé de plaider ma cause auprès d'elle afin qu'elle me laisse continuer à étudier tout en travaillant. Mais elle me l'a refusé, donc je suis partie.

– Mrs. Browning ? répéta la docteure. Tu es allée à l'école pour filles de Mrs. Browning ?

J'acquiesçai.

– Mais pourquoi est-ce qu'une fille avec tes aptitudes scientifiques irait dans une école professionnelle ?

– Ma mère ne souhaitait pas que j'aille dans une école gratuite. Elle pensait que celle de Mrs. Browning me permettrait de partir avec de meilleures chances dans la vie que les siennes. Elle ne veut pas que je finisse sage-femme, comme elle.

La Dr Baker leva les sourcils :

– Ta mère est sage-femme ?

– Oui. J'ai passé l'été dernier à l'aider.

– Tu as donc pratiqué un peu, dit la Dr Baker en souriant. Et maintenant tu veux faire médecine ?

Je n'avais jamais vu mon travail avec Marm comme une pratique de la médecine.

– Je ne sais pas bien.

– Ah bon ?

Les yeux de la Dr Baker exigeaient la vérité.

– M'dame, c'est simplement que... cette affaire avec Mary Mallon me fait me poser des questions.

– Quel genre de questions ? demanda-t-elle.

Je parlai doucement, mais quelque chose en moi me disait que je pouvais être honnête :

– En vérité, m'dame, quand j'ai commencé à travailler pour Mr. Soper, je voyais la maladie comme une sorte de mauvaise herbe, quelque chose que l'on pouvait facilement identifier et nettoyer. Je ne pensais pas qu'il était possible qu'une maladie vive dans une personne sans pour autant la rendre malade ou la tuer, comme pour Mary. Maintenant, j'ai l'impression que la maladie et la personne sont inséparables. Quand le policier a projeté Mary dans la neige et l'a enfermée, il l'a traitée comme une maladie. Mais c'est une personne, elle a des sentiments. Je ne parviens pas à penser à l'affaire sans penser à elle.

La docteure me regarda comme si elle évaluait mes mots, puis elle émit un rire très court. Celui-ci me rassura, même si je ne le comprenais pas bien.

– C'est exactement ce qu'on cherche à inculquer à l'école de médecine : la compassion.

– Mais je n'arrive pas à départager ce qu'elle ressent de ce que je ressens, m'dame.

– Cela viendra avec le temps, affirma la Dr Baker. Tu apprendras à prendre du recul.

J'aimerais avoir autant confiance en moi.

– Tu comprends le besoin de la quarantaine, Prudence ?

La Dr Baker me regardait avec dureté. Je n'avais rien à répondre, elle reprit donc :

– Garder Mary à une bonne distance signifie faire la différence entre l'inconfort temporaire d'une personne et le fait que des centaines d'individus tombent malades. La maladie est un mal qu'on peut ôter, voici la devise de notre département. Mary porte la typhoïde, Prudence. On ne peut pas ignorer ce fait.

Je voulais lui demander si elle pensait que Mary elle-même incarnait le mal comme elle portait la maladie, mais quelque chose dans son visage me fit garder le silence.

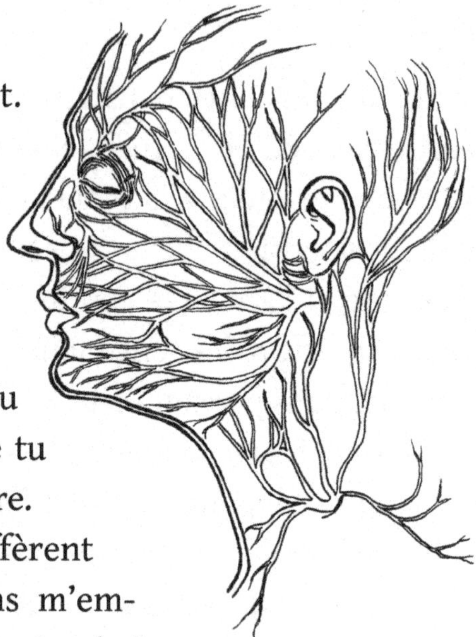

Ses yeux se détendirent.

– Tu es une fille observatrice, tes notes sont réfléchies et claires, tu sembles t'inquiéter du sort de ton prochain. Tu as un esprit merveilleusement curieux. Tu sais, Prudence, je pense que tu ferais une très bonne docteure.

Ses mots me réchauffèrent le cœur, comme des mains m'empêchant de tomber. C'était cet avis tranché que j'attendais depuis longtemps, cette opinion externe que je recherchais. Elle me montrait mon moi innocent, la fille qui voulait donner un sens à sa vie.

Puis mes souvenirs me revinrent, de ce que nous avions fait à Mary, de mes propres émotions faibles. Mes doutes réapparurent aussitôt, avec plus de force encore.

– Faire médecine est une éducation des plus strictes, continua la Dr Baker. Cela implique l'étude de beaucoup de sujets, et tu devras ouvrir des corps et travailler avec des organes internes. Pour y arriver, il faut que tu le veuilles plus que tout le reste.

Quand j'avais accepté ce poste, je voulais voir une cellule au microscope plus que n'importe quoi d'autre. Mais maintenant que j'avais vu tellement d'autres choses perturbantes, je n'étais plus si certaine de ce que je voulais.

La Dr Baker s'adossa contre sa chaise, joignant ses mains sur son bassin.

– Cela n'a pas été simple de voir Mary dans cette voiture de la police, affirmai-je doucement.

– Nous agissions pour le bien commun, Prudence. Tu ne peux pas l'ignorer, malgré toutes tes réserves. Nous avons endigué la propagation d'une maladie. En tant que docteure, tu devras prendre des décisions très difficiles et faire face à des éventualités terrifiantes. Tu dois décider si tu en es capable ou non.

J'opinai du chef, me demandant si je verrais un jour les choses de son point de vue.

– C'est un processus lent que d'apprendre à connaître le corps humain et ce qui nous rend malades, dit-elle doucement. Il est d'autant plus difficile de trouver des façons de nous guérir. Si nous savions comment débarrasser Mary des germes de la typhoïde, nous pourrions la libérer. Il nous faut de bons cerveaux pour nous aider à découvrir ces choses, des cerveaux comme le tien.

J'étais allée la voir dans l'intention de trouver des réponses. Au lieu de cela, je me sentais encore plus perdue. Elle m'avait dit que j'avais les compétences pour devenir médecin. Mais je ne sais si mon cœur le désire.

L'air devint soudainement désagréable. Je m'éclaircis la gorge et dis que Mr. Soper devait certainement être en train de me chercher. Je la remerciai, me levai, me dirigeai vers la porte et lui souhaitai une bonne journée.

## 13 février 1907

Ma vie évolue devant mes yeux. Il y a moins d'un an, j'étais à l'école, assise à côté de ma meilleure amie, nous nous échangions des mots concernant des leçons idiotes qu'on nous demandait d'apprendre, puis nous allions faire des courses alimentaires avec des Caddies et nous parlions de notre avenir. Elle voulait épouser un auteur de livres, cela lui venait d'avoir vécu au-dessus de la librairie de son père.

– Imagine un peu, disait-elle, toutes les histoires qu'il pourrait te raconter !

Et maintenant, elle aime un homme plus âgé, et c'est un fermier. Elle m'aurait ri au nez si je lui avais prédit un tel avenir l'année dernière.

Et moi, qu'est-ce que je voulais ? Je voulais revoir mon père, comprendre comment fonctionne le monde, pourquoi le ciel est bleu et pourquoi les chiens se déplacent à quatre pattes. Je n'aurais jamais imaginé avoir un emploi qui me demanderait autant d'utiliser mon cerveau. Je n'aurais jamais imaginé aimer un homme, qui s'avèrerait être mon chef. Je n'aurais jamais rêvé avoir la chance de devenir docteure. Pourtant, et j'ai honte de l'admettre, j'ai peur. J'ai peur de partir dans une école en Pennsylvanie, loin de Marm et de Mr. Soper. Qu'est-ce qui m'arriverait là-bas ? Serais-je en mesure de comprendre les cours ? Ou risquerais-je d'échouer et de tout perdre ?

Je ne sais pas si je pourrai relever ce défi que la Dr Baker m'avait lancé.

Ma famille est constituée de pionniers. Mon grand-père avait quitté sa maison avec son bébé et sa femme et était venu en Amérique. Qu'est-ce que cela lui a coûté ? Il avait quitté ses parents, ses tantes, ses oncles, ses cousins, ses neveux et ses nièces, une langue qu'il maîtrisait, une ferme qu'il aimait. Mon père avait quitté une femme et une jeune enfant pour aller faire la guerre dans un autre pays. Je ne sais pas comment les membres de ma famille s'étaient ainsi arrachés à la vie et aux personnes qu'ils aimaient, afin de se presser dans un nouveau moule.

Pourquoi est-ce qu'un individu doit laisser tant de choses derrière lui quand il prend une décision plutôt qu'une autre ?

## 15 février 1907

*Je m'étais* retrouvée à chercher une ancienne camarade de classe ce soir, une fille qui m'avait connue la majeure partie de ma vie. Nos retrouvailles furent révélatrices ; d'une certaine façon, elle me montra où était ma place.

Mr. Soper m'avait demandé de quitter le bureau plus tôt pour avoir encore une autre discussion privée avec un autre étranger, et je dois avouer que cela ne me plut guère. Qu'il me cache des choses me dérange.

Je me baladai sur la Sixième Avenue dans un coucher de soleil orange, ne voulant pas rentrer directement à la maison. Je suivis les notes printanières de neige fondue et de terre, recherchant désespérément quelqu'un à qui parler. J'avais l'impression de faire partie d'une multitude de créatures, toutes attirées dans la même direction. Je passai devant les magasins du cordonnier, du boucher et du boulanger, et tous les bureaux qui bordent l'avenue. J'observai avec curiosité les visages fatigués par l'hiver. J'étais tellement absorbée par ma propre vie, j'en avais oublié jusqu'à l'existence des autres. Je voulais quelque chose de frais, une odeur, un vêtement. Entrant et sortant des magasins de l'avenue, j'achetai un scone, mais il ne me rassasia pas. Ma faim ne serait pas calmée par de la nourriture. Au croisement de la Trente-Quatrième Rue, je jetai un œil à travers les fenêtres de *Macy's* et pensai voir Josephine au comptoir. Je regardai à nouveau, incertaine ; j'entrai dans le grand magasin et m'aperçus que c'était une autre fille, tout aussi grande et jolie. Je demandai où se trouvait Josephine, et elle me répondit que Jo avait des affaires de famille à régler et qu'elle ne travaillait plus ici.

J'eus soudain envie de la voir.

Je me rendis à son appartement de l'East Side, où sa mère m'indiqua qu'elle avait déménagé dans le West Side avec son mari, Willem Stryker. Comme j'avais l'impression d'être en mission, je sautai dans le premier omnibus et pris la direction de l'ouest.

Je frappai à la porte de la maison, et c'est Josephine elle-même qui me répondit ; nous nous observâmes sans parler. Sa rondeur extrême et la teinte verte de son visage me choquèrent.

– Prudence, dit-elle finalement. Que fais-tu ici ?

Je haussai les épaules et secouai la tête, étrangement heureuse de la voir.

– Eh bien, entre. J'étais sur le point de prendre un thé.

Elle me fit entrer dans un joli petit paradis de parloir en dentelle. Sur son doigt, des diamants rutilaient et, pendant un instant, je fus envieuse : un mari fortuné, un endroit calme où lire, de longues et vides journées d'attente.

Une servante entra avec du thé et des gâteaux blancs ; Josephine mit un gâteau entier dans sa bouche, le mâcha et rigola.

– Ces gâteaux sont les seules choses qui me font plaisir. Les gâteaux, la glace et la patate douce. Tout le reste me rend malade.

– Tu dois boire du lait et manger plein de viande crue pour avoir un bébé en bonne santé, lui conseillai-je.

– Beurk, de la viande, je ne peux même pas en sentir sans être malade.

– Et quand le bébé arrivera, ta nourrice devra lui donner des œufs crus mélangés à du lait de vache. Il faut qu'il soit gros et en bonne santé.

Elle fourra un autre gâteau dans sa bouche et pencha la tête tout en mastiquant et en me regardant :

– Tu travailles pour ta mère la sage-femme, non? demanda-t-elle.

– Avant, oui, répliquai-je.

Cela me surprit qu'elle s'en souvînt.

– Tu penses qu'elle pourrait s'occuper de moi ?

– Ta famille n'a pas de sage-femme ?

– La dame qui avait aidé ma mère est décédée. La mère de Will veut aller chez Sloane, mais je préfèrerais que ce soit ta mère, si elle peut. Peut-être que, toi aussi, tu pourrais aider.

Elle ne parvenait pas à cacher sa peur de la naissance ; elle semblait terriblement seule. Je voulais lui promettre que je l'aiderais, mais je pensai à mon travail et à Mr. Soper qui avait besoin de moi.

– Si tu le pouvais, Prudence, je me sentirais bien plus en sécurité si tu étais là, ajouta-t-elle.

J'acquiesçai et me demandai à quoi ressemblait réellement sa vie, mariée et enceinte à l'âge de dix-sept ans. Était-ce vraiment aussi simple que je le pensais ? Son mari la traitait-il avec gentillesse ?

– Comme se porte Willem Stryker ? demandai-je.

Elle avala un autre gâteau en me jaugeant.

– Tu n'as jamais été amoureuse, Prudence, n'est-ce pas ?

Je voyais maintenant quelle image elle avait de moi : une fille fade, le nez dans les livres, un cerveau sans cœur. Comme je voulais lui parler de Mr. Soper, et de ces sentiments qui m'assaillaient ! Comme je voulais libérer cette peine qui vivait en moi, jour et nuit !

– L'amour rend tout le reste si peu important, soupira-t-elle.

Je regardais la surface de ses jolis yeux brillants. Ses mots donnaient vie à une toute nouvelle douleur en moi ; je voulais la repousser, la laisser. Je ne pouvais pas lui parler de mes sentiments.

– Je dois penser à mes études, lâchai-je.

– Quelles études ?

– Au département de la Santé et de l'Hygiène, là où je travaille, il y a une femme docteure. Elle m'a encouragée à...

– Une femme docteure ! s'exclama Jo.

Elle rit.

– Oui, évidemment. Tu as toujours été une docteure, Prudence, quand on voit la façon dont tu étudies ces livres, comme s'il y avait effectivement quelque chose d'intéressant là-dedans !

Je souris et baissai les yeux, refroidie par son exclamation. Elle ajouta :

– Je me rappelle, à l'école, tu passais des journées entières à regarder par la fenêtre, un nuage de pensées au-dessus de la tête que personne d'autre ne pouvait voir. Et pourtant, quand notre enseignante nous posait une question sur son cours, tu arrivais toujours à lui donner la bonne réponse. Aucune d'entre nous ne savait comment tu faisais ça.

Je regardais Josephine ; à l'école, j'étais tellement malheureuse. J'étais différente. J'y avais passé la majorité de mes journées à imaginer que j'étais ailleurs.

Tout à coup, je me rappelai notre conversation avec la Dr Baker. Elle avait parlé de la cause, des filles qui marchaient dans les rues. Elles ne restaient pas là à réfléchir ; elles changeaient le monde. Mais peut-être avaient-elles commencé comme moi, percluses de doutes, des filles qui posaient des questions, des filles qui voulaient ardemment utiliser leur esprit pour de bonnes raisons et à dessein. Peu importe ce que ce choix impliquait.

– Il y a une école de médecine pour femmes, en Pennsylvanie, dis-je.

– Tu deviendras la Dr Galewski.

Cela lui semblait tellement évident.

– Dr Galewski, répétai-je doucement.

Oui, voilà qui je serai.

Josephine frappa dans ses mains et rit :

– Une femme docteure, c'est sûr que cela retournera l'estomac de Mrs. Browning !

Un sourire chaleureux prit naissance dans ma poitrine ; il remonta à travers moi et souleva les coins de ma bouche. Je me levai, me sentant plus légère que je ne m'étais sentie depuis des jours.

– Je reviendrai bientôt avec ma mère, pour voir comment tu vas, conclus-je.

Je commencerai à traiter mes patients, comme la Dr Baker le dit, et je traiterai Josephine.

*Dr Prudence Galewski*

*Docteure Galewski*

*Dr P. Galewski*

*Docteure P. Galewski*

THE NEW YORK AMERICAN

16 février 1907 Cinq cents

# LES GERMES DE LA TYPHOÏDE PORTÉS À VIE : PRÉSENCE GARDÉE SECRÈTE

Une affaire bien mystérieuse émanant du département de la Santé et de l'Hygiène a révélé qu'une cuisinière, suspectée de porter la fièvre typhoïde dans son corps autrement sain, a été enfermée presque un mois entier sans le moindre espoir de liberté.

Mary Mallon, employée en tant que cuisinière par une douzaine de familles fortunées de la ville de New York, a été capturée sur son lieu de travail à la fin du mois de janvier. Mr. Herman Briggs, directeur du département, a autorisé Mr. George Soper et la Dr Sara Baker à fouiller la résidence Bowing sans mandat à la recherche de ce germe typhoïde humain. Miss Prudence Galewski était présente pour aider les agents Kevan et Hill à arrêter et à emprisonner la pauvre cuisinière, la traitant ainsi telle une criminelle parce qu'elle porterait potentiellement la maladie, malgré son évidente bonne santé. La cuisinière est actuellement enfermée à l'hôpital de détention sur l'East River.

D'après une source de l'hôpital, qui souhaite rester anonyme, le département affirme que quarante personnes au moins sont tombées malades après avoir consommé la cuisine de miss Mallon, mais rien n'a encore été prouvé. Selon plusieurs familles pour lesquelles elle a cuisiné, ses plats étaient goûteux et satisfaisants.

## 16 février 1907

*À la lecture* de cet article, je me sens étourdie, malade, faible. J'ai l'impression que nous sommes attaqués physiquement par un ennemi qui ne veut rien de plus que susciter de la haine et du mépris pour le département. Nous passons pour des imbéciles qui maltraitent une innocente. Où se trouve la vérité ? Où se trouvent les détails réels de cette histoire ?

Mais ce n'est pas moi qui parle à ces reporters, qui tournent comme des requins devant nos portes.

Tôt ce matin, après la publication de l'article, plusieurs hommes provenant d'autres journaux s'amassèrent sur le trottoir devant notre bâtiment, ils désiraient leur histoire. Alors que je commençais à monter les marches, un homme m'aborda et me mit son stylo et son carnet de notes sous le nez.

– Miss Prudence Galewski, est-il vrai que vous avez participé à la capture et à l'emprisonnement de Mary Mallon, la porteuse du germe de la typhoïde ? cria-t-il.

J'essayai de l'ignorer, étourdie par sa question, par son utilisation de mon nom. Il se planta devant moi et refusa de s'écarter.

– Miss Galewski, le département dispose-t-il de preuves solides attestant que cette femme porte bien la maladie ?

La façon dont il criait me donnait envie de me protéger la tête, de le fuir.

– Est-ce vrai que vous traitez une innocente en criminelle ? En criminelle, miss Galewski ?

Je ne parvenais plus à respirer ; des larmes s'amassaient dans mes yeux, une acidité se faisait ressentir dans mon estomac. Il ne voulait pas s'écarter pour me laisser passer. Les autres reporters m'entouraient, me jetant également des questions. Comme une meute de loups qui me mordait de toutes parts. Je me bouchai les oreilles et penchai la tête, espérant qu'ils s'en allassent.

Soudain, je ressentis des mains derrière moi, me saisissant, me poussant pour éviter cet homme. J'entendis :

– Laissez-la tranquille !

J'essayai de voir qui c'était, mais les mains me dirigeaient dans la foule.

– Écartez-vous, laissez-nous respirer ! ordonnait la voix.

Cet homme me dirigea vers les marches et mon bureau, où il me relâcha. Je vis le visage du scientifique qui m'avait tourmentée. Jonathan. Je voulais lui crier dessus parce qu'il m'avait touchée et le remercier de m'avoir sauvée, en même temps. Je ne parvenais pas à maîtriser les tremblements de mon corps. Il s'en alla avant que je pusse recouvrer mes esprits.

Tous nos mois de travail pour retrouver Mary, tout ce que nous avions traversé se résumait à ce seul article. Je sais maintenant qui étaient les étranges hommes dans notre bureau, ceux qui parlaient à Mr. Soper et à la Dr Baker. Je ne comprends pas pourquoi mon chef et la docteure ne leur avaient pas montré nos notes et les résultats des examens ou expliqué les étapes que nous avions suivies, ou même la théorie.

Ou peut-être l'avaient-ils fait.

Notre directeur est furieux ; il n'arrive pas à croire l'effronterie de la presse, et la façon dont elle avait détourné les faits. Il avait organisé une réunion ce soir ; toutes les personnes impliquées dans l'affaire étaient présentes, même le Dr Parks et les policiers qui avaient capturé Mary.

– Nous ne leur donnerons pas davantage d'informations, car ils ne savent pas comment les traiter correctement, dit Mr. Briggs.

C'est un petit homme nerveux, mais sa voix tonitruait :

– Je veux que personne ici présent ne parle de l'affaire à qui que ce soit. Pas un nom, pas un lieu, pas le moindre fait ! C'est tout ! Pas un mot !

Nous découvrîmes que c'étaient les Bowing, la famille pour laquelle travaillait Mary, qui s'étaient rapprochés des journaux pour essayer de trouver un peu de compassion auprès du public.

Avant de quitter le travail ce soir, je constatai que Mr. Briggs avait ordonné à des hommes de stationner devant le bâtiment. Nos portes sont désormais gardées par la police.

## 22 février 1907

Les articles de journaux concernant Mary Mallon et notre travail pullulent, accompagnés de leurs nouvelles fausses informations à chaque fois. L'article de l'*Herald* me désigne comme interne en médecine, et le *Sun* dit que Mary Mallon n'est plus du tout en ville mais se cache dans le New Jersey. Les journaux me donnent une certaine notoriété, et je me réveille avec des maux de ventre tous les matins. Sa Majesté Zanberger me fait mander dans son appartement étouffant et qui sent le chou et essaie de me soustraire des informations. Elle a commencé un album avec les articles de presse découpés, qu'elle montre à quiconque s'arrête assez longtemps pour le regarder :

– On est tous si fiers de toi, et nous voulons tout savoir de ce germe typhoïde humain.

Bien évidemment, je ne peux rien dire et je ne dis rien.

Alors que j'étais auparavant l'observatrice, je suis maintenant l'observée. Cette attention me fait constamment l'effet d'un rayon brillant dans les yeux que je ne parviens pas à éteindre. Il est douloureux et gênant : tant de questions personnelles, d'intrusions dans ma vie privée. Miss Lara m'avait piégée près du chariot à légumes pour me demander quand j'étais allée à l'école de médecine. Notre boucher, Mr. Barren, n'avait pas voulu me vendre de viande. Il voulait savoir où, exactement, se trouvait cette femme aux germes et refusait de me donner les os pour la soupe sans cette information. L'idée que je touchasse la viande semblait le mettre mal à l'aise, comme si j'étais moi-même contagieuse.

Une fois une fausse information imprimée dans un journal, mes voisins y croient. Il est impossible de corriger toutes les erreurs publiées, surtout que l'on m'interdit de parler de l'affaire.

Voir mon nom dans les journaux m'avait profondément changée. Cela m'avait donné un sens des responsabilités et fait réaliser à quel point la vérité est importante.

J'aimerais qu'il y ait un moyen de donner les faits. De faire comprendre au public.

Mary Mallon fut transférée dans un hôpital de l'île de North Brother, entre le Queens et le Bronx, rien qu'une petite traversée en ferry. Mr. Briggs demanda son transfert peu après la parution du premier article. Cet endroit permet aux docteurs de l'étudier en toute intimité. Ils songent à retirer la vésicule biliaire de Mary qu'ils suspectent d'être la coupable dans la production des germes de la typhoïde. Ce genre d'expérimentation sur Mary m'inquiète ; je repense à mes cauchemars, à la façon dont elle m'avait suppliée de la protéger. Mr. Soper m'assure qu'ils essaieront d'abord les autres pistes pour la soigner, car la chirurgie de l'estomac mène facilement à une infection, contre laquelle il n'existe aucun traitement. Aucune preuve que cela fonctionnerait, dit-il, mais cela pourrait être leur seul choix, si elle veut retrouver sa vie d'avant.

Voilà peut-être pourquoi cette affaire est si compliquée à expliquer aux autres personnes.

Comment leur dire que nous ne sommes pas certains de savoir comment la traiter ?

Nous ne savons pas comment la guérir.

Nous savons seulement qu'elle ne doit plus cuisiner.

## 1er mars 1907

J'avais finalement trouvé le moment idéal pour faire part à Marm de ma décision d'aller à l'école de médecine. Notre attention était tournée sur les journaux et j'avais peut-être un peu peur de ce qu'elle aurait à me dire.

La nuit précédente, elle était réellement touchante à se réchauffer les genoux contre le poêle, en cousant un nouveau sac pour ses instruments de sage-femme. Je me penchai sur l'un des accoudoirs de son siège et pris l'une de ses boucles entre mes doigts. Ma gorge se resserra, obstruée par les mots. J'avais peur que cela la rendît malheureuse, car je voulais partir si loin. Je pensais que le prix à payer serait trop lourd pour notre relation. Je ne voulais pas représenter un poids pour elle.

Mais je me forçai à parler :

– Marm, je voulais te parler de la Dr Baker. La femme docteure du département.

– Hmmm ?

Marm continuait de coudre.

– Eh bien, elle m'a dit qu'il y avait une possibilité pour que j'aille dans une école de médecine.

Marm cligna des yeux en secouant la tête. Je lâchai sa boucle. Elle posa son ouvrage et se recula un peu dans sa chaise.

– Je n'en ai pas parlé plus avec la Dr Baker, car je voulais en discuter avec toi avant. Mais je pense que j'aimerais y aller.

– Une école de médecine ? Comment est-ce possible ?

Je ne savais pas si elle était triste... ou autre.

– Il existe une école en Pennsylvanie qui accepte les filles, lui expliquai-je. C'est là qu'est allée la Dr Baker, et elle a dit que moi aussi je pourrais y aller.

Marm avait un drôle de regard. Soudain, je me mis à hésiter. Est-ce que je faisais bien ce qu'il fallait ?

– Je... je n'étais pas sûre de vouloir y aller, mais maintenant je sais que c'est bien le cas.

Elle me regarda. Mes mains commencèrent à trembler ; je joignis mes doigts. Puis je les vis, des larmes. Marm pleurait.

– Marm, oh, Marmy...

Elle s'approcha de moi et me tira dans ses bras comme une petite fille. Je m'agenouillai devant elle et la tirai contre moi. Je pouvais sentir ses larmes sur mes épaules à travers le tissu, de chaudes larmes qui me réchauffèrent les yeux. Nous nous serrâmes très fort l'une et l'autre.

– Je suis si fière de toi, dit-elle.

Ces mots plongèrent au plus profond de mon cœur et me remplirent de joie.

Je retins mon souffle et l'écoutai pleurer, sentant mes propres larmes couler sur mes joues. Je sentis son corps entier trembler et la force de ses bras alors qu'elle s'accrochait à moi. Fière de moi, elle était fière de moi. Cette merveilleuse affirmation me toucha, tout ce qu'elle avait fait pour moi, tout ce à quoi elle avait renoncé pour moi, tout ce qu'elle m'avait permis d'accomplir, d'être, simplement. Alors, je compris pourquoi elle pleurait : elle s'était sacrifiée pour ses enfants, elle avait perdu l'un d'entre nous, elle n'avait plus que moi. Et j'avais fait quelque chose qui la rendait fière. Je ressentais une chaleur dans ma poitrine, un honneur. Elle m'honorait de sa fierté.

Elle me relâcha enfin, essuya ses joues et tamponna les miennes. Je me levai et me laissai tomber dans ma chaise avant de saisir un journal pour cacher ma lèvre qui tremblait encore. J'entendis Marm reprendre sa couture.

Elle est fière de moi. Sait-elle ce que cela signifie pour moi ? Sait-elle comme elle a guidé ma vie et à quel point je lui suis reconnaissante d'une telle attention ? En la regardant, je vois comment je pourrais être si j'avais une fille à moi d'un homme que j'aime : je voudrais pour elle tout ce que je n'ai jamais pu avoir. Je comprends maintenant pourquoi les gens font des enfants, pour s'étendre, pour devenir davantage que ce qu'ils sont eux-mêmes.

Je fais la promesse de tout faire pour devenir meilleure que la meilleure partie de Marm elle-même.

## 2 mars 1907

Portée par l'approbation de Marm, je grimpai les marches jusqu'au bureau de la Dr Baker aujourd'hui, pour lui parler. Elle me fit entrer. Je pris une grande inspiration et dis :

– J'en ai parlé à ma mère. J'ai décidé de devenir docteure.

Son visage sobre se mua en un sourire radieux. Elle répliqua :

– Oh, Prudence, je suis tellement contente. Notre profession a besoin de plus de femmes comme toi, avec un bon esprit et une discipline de fer. Je suis persuadée que tu t'en sortiras merveilleusement bien.

Je ressentis tout le poids de ses attentes et pris peur : s'imaginait-elle que Marm pouvait se permettre de me payer l'école ? Je me devais de lui dire à quel point cela était impossible. Je trouvai son regard et ajoutai :

– Dr Baker, en tant que sage-femme, ma mère ne gagne pas très bien sa vie...

La docteure leva la main, m'arrêtant net :

– Si tu parviens à avoir un bon score à l'examen d'entrée, il y aura des occasions pour recevoir des fonds donnés ou prêtés par des familles importantes. Les familles aisées de New York adorent soutenir des filles intelligentes comme toi.

– J'ai effectivement reçu des fonds annuels pour aller à l'école de Mrs. Browning. Le premier versement m'a été donné personnellement par Mrs. Morgan le jour de mon sixième anniversaire...

Je me tus ; je voulais la rassurer ou me rassurer, mais il y avait un soupçon de vantardise.

– Oui, nous pourrions demander aux Morgan, aux Vanderbilt ou aux Livingston, dit-elle en s'appuyant contre son dossier.

Elle tapota ses doigts les uns contre les autres, me regardant avec ses yeux malins, puis se retourna et saisit quelque chose derrière elle, un livre sur son étagère. Elle le leva devant elle et dit :

– Mais il faut que tu obtiennes un bon score ! Afin d'obtenir l'examen d'entrée, tu dois avoir une compréhension générale du système humain. Commence à étudier avec ce livre.

Elle me le tendit. Je regardai le titre : *The Biology of Man*[*].

Elle se retourna pour en saisir un autre, cette fois-ci, c'était *True Blood Chemistry and the Myth of the Four Humors*[**].

– En échange de ton assiduité, je serai ta tutrice. Nous commencerons par la biologie, le sang et l'anatomie.

Elle saisit *Gray's Anatomie*. Quand je lui dis que j'en avais une édition à la maison, elle leva un sourcil et me sourit, avant de me tendre *L'Effet des germes dans la vie de tous les jours*[***], un livre sur le travail du Dr Louis Pasteur.

– Il n'y a pas une minute à perdre, lança-t-elle. La vie des gens dépendra de ta connaissance de ces sujets, Prudence.

---

* NdT : *La Biologie de l'homme.*

** NdT : *La Chimie du vrai sang et le Mythe des quatre humeurs.*

*** NdT : en version originale : *The Effect of Germs in Everyday Life.*

Je soulevai les livres lourds du bureau et les serrai contre moi. J'avais l'impression qu'elle avait ouvert quelque chose en moi et une centaine de questions s'étaient déversées de cette brèche. Est-ce que l'examen est difficile? Où va-t-il se passer? Ai-je une chance de le réussir? Une fille comme moi peut-elle effectivement aller dans une école de médecine?

Comme si elle avait déjà entendu mes questions, la Dr Baker ajouta :

– Je vais t'aider à aller en Pennsylvanie pour l'examen. Je suis persuadée que tu obtiendras un très beau score, Prudence, et qu'ils accepteront que tu études à cette école. Je ne t'aurais pas recommandé cette voie si je n'y croyais pas.

La Dr Baker leva un stylo et rapprocha une pile de feuilles d'elle. Je me tenais là, comme si elle venait de me libérer :

– Quand dois-je me présenter pour une séance de tutorat? demandai-je.

– Quand tu auras terminé de lire ces livres. Nous aborderons les questions du corps, puis je t'emmènerai au dispensaire où nous rendrons visite à des patients ensemble.

Je repensai à ces enfants sales dans les couloirs, à leur triste mère et à l'idée de m'occuper d'eux, d'avoir la permission de les examiner de près. Cela généra toute une série de nouvelles questions. Que verrais-je? Comment pourrais-je les aider? Comment la Dr Baker décide-t-elle quelle maladie afflige un patient, seulement en les regardant?

Je redescendis les escaliers, distraite par ces questions. Mr. Soper manifesta immédiatement sa curiosité à la vue des livres que je portais et m'interrogea. Sa proximité et son intérêt me firent rougir du bas du cou jusqu'en haut du visage.

Je regardai les livres, le cœur battant dans ma gorge :

– Je... je reviens du bureau de la Dr Baker. Elle m'a encouragée à aller à l'école de médecine.

Ses yeux devinrent chaleureux ; il acquiesça.

– Est-ce que la Dr Baker va t'aider pour l'examen d'entrée ? demanda-t-il doucement.

– Oui, c'est ça, répondis-je.

Mes joues semblaient enfiévrées par son regard.

– Bon, si tu as davantage besoin d'aide, n'hésite pas à m'en demander. Je suis ingénieur, mais j'ai quelques connaissances en médecine.

Cette façon qu'il avait de me sourire et de me regarder ! La gentillesse de son visage, je parvenais à peine à le remercier. Je ne sais comment je réussis à quitter le bureau ce soir-là sans dévoiler trop de mes émotions. Je parviens à peine à imaginer Mr. Soper en train de m'aider à étudier. Et si je faisais une erreur, ou oubliais quelque chose ? Je ne veux pas qu'il me voie échouer. Et sa proximité serait une trop grande distraction pour que je puisse la gérer.

Malgré mes ambitions, je n'ai pas hâte de quitter mon chef pour aller à l'école. J'ai parfois l'impression de n'être qu'une silhouette de moi-même, et que chaque chose que j'apprends de lui est comme un fil de laine coloré qui est cousu dans cette silhouette, me remplissant, me définissant davantage. Plus je travaille avec Mr. Soper, plus il y a de ces schémas cousus en moi. Il est devenu une partie tellement importante et inséparable de mon être.

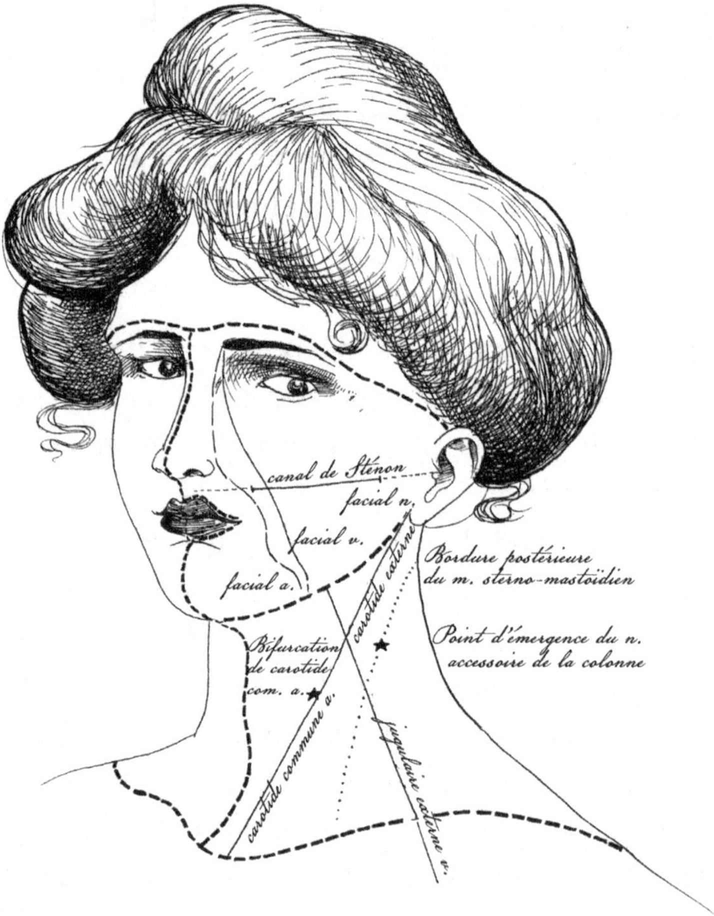


*Incisions pour dissection et lignes traçant les vaisseaux et les nerfs*

## 6 mars 1907

*Les livres* que m'avait donnés la Dr Baker sont différents, ils ne sont pas ennuyeux ou poussiéreux comme les textes en latin. Ils sont remplis d'histoires fascinantes. Je transporte avec moi partout et toute la journée celui que je lis sur le Dr Louis Pasteur, je l'ouvre dès que j'ai une minute à moi.

Il avait été le premier à prouver la théorie des germes.

On pensait que la maladie provenait de quelque chose d'extérieur à notre corps, comme des nuages nauséabonds, ou de quelque chose à l'intérieur de nous, comme les quatre humeurs (le sang, les glaires, la bile et la bile noire).

Le Dr Pasteur avait cette idée radicale que quelque chose de vivant se nourrissait de nous, et que cela nous rendait malades. Il avait eu cette idée en observant du raisin fermenter pour devenir du vin, puis se gâter. Il avait examiné le vin passé sous un microscope et avait découvert que des créatures y vivaient. Des germes, des bactéries. Il en avait trouvé partout, dans l'eau et la nourriture consommées par les humains et même dans nos corps. Son cerveau avait fait un grand saut en avant. Il avait fait le lien entre ces germes et ceux qui rendaient les gens malades.

Je pense aux agneaux de la ferme d'Anushka, les trois plus petits avec des yeux qui coulent et des pustules dans la bouche, puis je pense au Dr Pasteur, aux moutons qu'il avait sauvés. Il les avait regardés succomber à l'anthrax et il savait qu'il devait les aider.

Il avait appliqué sa théorie des germes aux moutons. Il leur avait prélevé les germes de l'anthrax, les avait tués et avait injecté ces germes morts dans des moutons en bonne santé, habituant leur corps à la maladie et les immunisant de ce fait.

C'est un esprit brillant qui peut imaginer des choses comme les bactéries. En effectuant ses expériences, comment savait-il ce qu'il recherchait ? Quand il avait vu le vin, qu'est-ce qui lui avait fait penser qu'il pourrait y avoir quelque chose de vivant à l'intérieur ? Comment avait-il fait le lien entre le vin et l'anthrax ?

J'aimerais avoir cette capacité à prendre du recul, comme l'avait désignée la Dr Baker. Et au-delà de cela, j'aimerais faire de grands sauts et voir des choses que le reste du monde ne peut pas voir. Peut-être que ce sera mon cas un jour, une fois que j'aurai tout étudié.

Je dois m'obliger à réfléchir davantage.

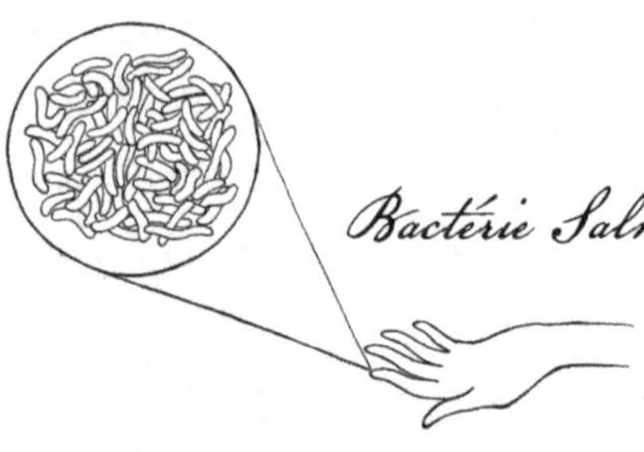

*Bactérie Salmonella typhi*

## *7 mars 1907*

*Ce qu'il* se passa ce matin m'a transformée d'une façon que je n'arrive pas encore bien à appréhender. Je n'en avais parlé à personne et je ne sais pas si je le ferai un jour.

Un étranger entra dans notre bureau aujourd'hui. À première vue, je crus que c'était un autre reporter qui, d'une façon ou d'une autre, avait réussi à passer outre les policiers en poste et qui me cherchait pour davantage de détails sur Mary Mallon. En vérité, l'homme avait lu mon nom dans les journaux et venait me voir avec un secret qu'il n'avait révélé à personne pendant près d'une décennie.

Pour une raison quelconque, je ne sais laquelle, sa présence m'avait inquiétée dès le moment où je l'avais vu. Peu importait sa nouvelle, Mr. Soper allait l'entendre, mais je ne pus pas l'empêcher de prendre une chaise en face de moi, et je ne pouvais certainement pas demander à Mr. Soper de quitter le bureau.

Il dit qu'il s'appelait Tim Wilcox. Il n'avait plus de jambe droite et marchait avec des cannes. Ses vêtements pendouillaient de son torse émacié, ses yeux me semblaient malades et aqueux alors qu'il me regardait.

– Vous lui ressemblez comme deux gouttes d'eau, dit-il doucement.

– De qui parlez-vous, monsieur ? demandai-je.

Il me donna une grande pièce accrochée à une chaîne, mais ce n'était pas n'importe quelle pièce.

– Votre père. C'est là que je l'ai rencontré, affirma-t-il en pointant la pièce du doigt.

Le moindre souffle d'air qui restait dans mon corps me quitta. Je secouai la tête. Tout à coup, mon esprit se vida :

– Pardonnez-moi, mais je ne comprends pas.

– C'est son insigne de guerre, dit Mr. Wilcox.

Il tapa l'une de ses cannes contre sa jambe en bois.

– Après que les Espagnols ont fait exploser l'USS Maine alors qu'il était amarré dans le port cubain, votre père et moi avons été envoyés pour nous battre aux côtés de Roosevelt.

Mon visage était engourdi, ma bouche sèche. Je regardai l'insigne de plus près, il y avait une impression du drapeau américain et un nom inscrit dessus. Je parcourus les lettres de mon doigt, GREGORY GALEWSKI, MATRICULE MILITAIRE 3040. Le nom de mon père.

Je regardai l'homme. Des mots coincés dans la gorge, une question aux lèvres.

Est-il vivant ?

– Nous avons été submergés par des troupes au sol sur la plage, continua Mr. Wilcox. J'ai reçu une balle dans la cuisse et votre père m'a transporté dans la forêt, vers notre quartier général, où ils m'ont amputé. Comme vous pouvez le voir, je me suis remis. J'ai pas tout mon corps, mais ça suffit.

Il prit une grande inspiration.

– Je suis désolé, mais je ne peux pas dire la même chose de votre 'pa.

C'était impossible ! Je regardais l'homme, essayant de comprendre, essayant de ne pas y croire. Je toussai et secouai la tête, ravalant mes larmes. Nous avions attendu si longtemps, espérant qu'il nous revînt, et maintenant ce dénouement !

Je regardai Mr. Soper. Quand je croisai ses yeux, il se leva et s'excusa, expliquant qu'il devait aller voir Mr. Briggs. Je voulus l'attraper, mais il m'échappa.

L'homme fit un geste en direction de l'insigne dans ma main.

– Votre père m'a demandé de cacher ça des médecins, de dissimuler son insigne pour qu'il ne soit pas compté parmi les morts, expliqua-t-il.

– Mais pourquoi ? soufflai-je.

– Il avait la fièvre jaune. Il voulait que vous vous souveniez de lui… d'une certaine façon. Il voulait que vous le pensiez abattu, ou pris en otage, il a dit. Et non pas tué par une maladie.

Mon père me sembla soudain cruel, cruel dans son désir de ne pas vouloir ternir son honneur. La fierté, c'était la fierté qui lui avait fait prendre cette décision.

– Il voulait que j'emporte ce secret dans la tombe mais, ensuite, j'ai vu votre nom dans les journaux. Sachant que je ne suis, moi-même, plus très loin de la tombe, cela ne me paraissait pas bien. Je pensais que vous deviez le savoir.

Je fermai les yeux, reconnaissante envers cet homme qui s'était présenté à moi. Mon cœur était brisé mais, au moins, je connaissais la vérité.

Je posai l'insigne sur mon bureau, regardant le nom de mon père. Cette pièce de métal avait été accrochée autour de son cou. Il avait touché l'homme devant moi, il lui avait sauvé la vie.

– Est-ce que... est-ce qu'il vous a parlé de moi ? demandai-je.

Ma voix était très haute et faible. Mr. Wilcox opina de la tête :

– De vous et de votre mère. Et de votre frère, son fils, Benjamin.

Il secoua la tête tristement.

– Miss Galewski, je veux que vous sachiez que je n'étais pas d'accord avec sa décision et je lui ai fait savoir. Mais c'était une tête de mule et il refusait de m'écouter. Comme il m'avait sauvé la vie, je me devais de respecter ses souhaits. Jusqu'à aujourd'hui, évidemment. J'espère avoir bien fait.

Je regardai dans ses yeux humides ; je voulais le toucher par-dessus mon bureau, faire revenir mon père à travers lui. Je joignis mes doigts et les serrai aussi fort que possible.

– Bien sûr, vous avez fait ce qu'il fallait, le rassurai-je. Merci, Mr. Wilcox. Si vous n'étiez pas venu à ma rencontre, nous n'en aurions jamais rien su. Nous avons attendu si longtemps.

Je ne pus empêcher les larmes de m'échapper, elles coulaient le long de mes joues. Je me couvris le visage avec les mains, repoussant cette inondation qui provenait de moi.

Je ne pouvais pas l'arrêter. Mr. Wilcox s'éclaircit la voix. Il prononça mon nom. Je relevai les yeux et je le vis debout devant mon bureau, me tendant un mouchoir. Je le saisis. Il inclina la tête, sautilla jusqu'à la porte et partit en silence.

J'avais l'impression que mes organes avaient fondu. Comment le dire à Marm ? Comment allait-elle réagir ? Et comment mon père pouvait-il être aussi égoïste ? Ne savait-il pas à quel point nous l'aimions ? Pensait-il que nous l'oublierions ? Que nous ne l'attendrions pas ? Toutes ces années et toute cette tristesse que nous avions accumulées, tout cet espoir qui nous permettait d'aller de l'avant, comment avait-il pu nous faire ça ?

J'entendis des bruits de pas de l'autre côté de la porte et je séchai vite mes larmes. Je fis glisser l'insigne du bureau et le déposai dans le tiroir où je gardais quelques brèves notes que Mr. Soper m'avait écrites. Je devais me concentrer sur mon travail. Je devais trouver une manière d'avancer. J'ouvris un dossier d'in-folio et enroulai une feuille de papier dans la machine à écrire. Je plaçai mes doigts sur les touches et m'obligeai à les mettre en mouvement.

Mr. Soper revint. Il s'assit à son bureau et se remit au travail sans me parler. Sa présence silencieuse près de moi me rassura. Je ne sais comment j'avais fait pour tenir toute la journée, mais j'y étais parvenue.

À la fin de l'après-midi, je retirai l'insigne et les notes du tiroir et déposai le tout dans mon sac. Mr. Soper quitta le bâtiment en même temps que moi et m'accompagna à l'arrêt de tramway. Là-bas, il me prit la main :

– Je te présente mes condoléances, lança-t-il.

Ce contact me toucha au plus profond de moi. La chaleur de sa main apaisa mon cœur choqué.

– Mr. Soper, commençai-je, je tiens à m'excuser, car je n'ai pas...

– Tu as été très professionnelle, Prudence, et j'apprécie cela.

Il me tenait toujours la main. Il était si proche de moi, je pouvais sentir sa douce eau de Cologne.

– Pendant des années, nous n'avions aucune idée de ce qui était arrivé à mon père, expliquai-je.

Mr. Soper saisit mon autre main.

– Il est très difficile de perdre un être cher. Tu es une fille courageuse.

Ses yeux bruns se plongèrent dans les miens. Le sang me battait les tempes. Mon visage me brûlait. Il relâcha mes mains alors que les tramways arrivaient et ouvraient leurs portes. Puis je fis l'impensable. Je ressentais qu'il ne me refuserait pas. Je me mis sur la pointe des pieds et l'embrassai sur la joue. Puis je courus en haut des marches sans lui souhaiter une bonne nuit. À bord du tramway, je pouvais ressentir la sécheresse de sa peau, le bord de sa moustache sur mes lèvres. Je les sens encore. Je me réprimandais de ne pas avoir réussi à contenir mes sentiments.

J'étais entrée dans un appartement froid et vide. Une note de Marm expliquait qu'elle était à une naissance. J'allumai un feu dans le poêle et repoussai cette question qui persistait dans mon esprit : qu'est-ce que je venais de faire ?

La perspective de me retrouver face à Mr. Soper m'effraya soudain.

Je m'aspergeai le visage avec l'eau froide de la bassine. Je pris l'insigne et les précieuses notes de mon chef et je les cachai dans mon sous-main à buvards près de la fenêtre. Puis je commençai à nettoyer des pommes de terre pour faire un ragoût.

Marm rentra finalement, du sang sur la jupe, une tristesse sur le visage. Ressentant que la naissance s'était mal passée, j'hésitai à lui parler de la visite que j'avais reçue. Toute la soirée, j'essayai de trouver un moyen d'annoncer la nouvelle. Mais Marm semblait si triste et fatiguée.

J'écris ces lignes maintenant, incapable de dormir. À côté de moi se trouve le livre que papa m'avait donné, après la mort de Benny et avant son départ. C'était la seule chose qui me permettait de garder l'espoir qu'il reviendrait, et que je pourrais alors lui parler de tout ce que j'en avais appris.

Et maintenant, découvrir qu'une maladie s'était emparée de sa vie...

Après le départ de papa, quelque chose en moi s'était ouvert et avait fui, une goutte après l'autre. Avec la nouvelle que cet étranger m'avait apportée, un grand torrent commença à se déverser à travers la fissure, et toute l'eau s'en écoula. Il me reste maintenant un grand vide que je ne sais pas comment remplir.

## 8 mars 1907

Durant toutes ces années où je l'avais attendu, je ne m'étais pas permis de penser qu'il ne reviendrait jamais. Je pensais ne pas survivre à la nouvelle de sa mort, mais je me réveillai dans la nuit et je sentis mon cœur battre.

Pourtant, le monde qui m'entoure avait changé en quelque sorte. C'est un monde sans papa.

Incapable de dormir davantage, je me levai et allai au travail à pied, mes orteils gelant presque dans mes bottes. Quand j'arrivai devant notre bâtiment, je découvris que mes pieds, aussi froids fussent-ils, ne me permettraient pas d'entrer. Je ne pouvais pas affronter les yeux entendus de mon chef, sa proximité. Je fis trois fois le tour de la rue avant que l'obligation du travail me rappelât à l'ordre.

À la porte de notre bâtiment, je ressentis la présence de mon chef derrière moi et me retournai. Il opina avec raideur et dit :

– Bonjour, Prudence.

– Bonjour, monsieur.

Il se pencha en avant et m'ouvrit la porte. J'entrai. Il me suivit de près, jusqu'à ce que nous arrivions au bureau, qu'il déverrouilla. Il alluma les lampes à gaz.

Nous nous assîmes à nos bureaux respectifs.

J'attendais qu'il me disputât, ou qu'il dît quelque chose à propos de mon père, mais il ne prononça mot.

J'organisai le tiroir le plus bas de mon bureau. Je réarrangeai mes stylos et mes plumes. Je changeai le papier de mes buvards et remplis toutes mes bouteilles d'encre.

Il quitta le bureau pour assister à une réunion avec Mr. Briggs. À la mi-journée, il revint, se tint devant mon bureau et dit mon nom. Il tenait un in-folio.

– J'ai des notes pour une nouvelle affaire, dit-il. Plusieurs enfants ont contracté la typhoïde à Riverdale.

Je me penchai sur mon bureau pour saisir les notes. Mes doigts touchèrent accidentellement les siens quand je les pris. J'avais l'impression de mettre ma main dans un feu.

– Je vais les taper immédiatement, monsieur, dis-je.

– C'est très bien.

Je ne voulais qu'une chose : que cette journée se terminât.

## 10 mars 1907

Je n'avais toujours rien dit à Marm pour papa. Je ne sais pas bien ce que j'attends. J'avais tellement espéré son retour ces neuf dernières années, et tout ce que je ressens maintenant est son absence.

Le dire à Marm lui permettrait de recommencer sa vie, mais quelque chose en moi veut retenir cette information encore un petit peu. C'est comme si celle-ci m'avait fait atteindre un cercle de confiance, je ne peux pas m'empêcher de penser à Mary Mallon et à la fièvre qu'elle transporte en elle.

Je pense au fait que mon père avait succombé à la fièvre jaune. Il semblerait que Mary m'ait conduite à papa d'une certaine façon. Pour résoudre quelque chose, le crime de la maladie.

Il y a un souvenir de lui qui me revient continuellement. Le lendemain de la mort de Benny, mon père avait récité le kaddish en sa mémoire. Il le prononça en hébreu, en même temps que le rabbin Samsfield. J'entends désormais en permanence les intonations de la prière comme un murmure dans mon esprit.

J'avais lu, la nuit dernière, que deux des enfants de Louis Pasteur étaient morts de la typhoïde.

Cela faisait dix-sept ans que Marm et papa étaient mariés quand il était parti, et neuf années de plus dans l'attente. C'est une longue présence dans un cœur.

J'ai l'impression de traverser un tunnel obscur. Quand j'aurai atteint l'autre côté, j'aurai la force de lui annoncer la nouvelle.

## 14 mars 1907

Mr. Soper n'est pas lui-même quand il est près de moi ; il place des obstacles entre nous, des personnes et des projets, et j'aimerais savoir comment me retrouver une nouvelle fois dans ses bonnes grâces.

C'est la deuxième fois que Jonathan, cet étrange scientifique, me vient en aide. J'ai peur que Mr. Soper ne l'encourage à faire la paix avec moi. Tous les employés du département savent désormais que j'étudie pour réussir l'examen d'entrée à l'école de médecine, les scientifiques me posent des questions quand ils me croisent dans les couloirs, et pas toujours de la manière la plus agréable. Ce matin, un garçon m'avait interpellée pour me poser des questions sur la reproduction animale ; Jonathan surgit, attrapa le garçon par le cou et le força à passer son chemin. Puis il se retourna et présenta ses excuses pour l'attitude de son ami. Je ne sais pas quelle sorte d'effet il pense produire sur moi.

Ce n'était pas le seul échange. Plus tard, Jonathan entra dans le bureau, salua Mr. Soper et plaça une revue médicale sur mon bureau :

– Vous trouverez un article en page quarante-neuf qui vous aidera dans votre affaire, dit-il avec un grand sourire.

Mr. Soper et Jonathan se firent un signe de la tête alors que le garçon sortait. Mr. Soper ne m'avait pas donné l'article directement, alors qu'il connaissait les difficultés que j'avais eues avec Jonathan.

Il est de plus en plus compliqué de passer mes journées dans le même bureau que mon chef. Son rejet me fait peur.

Je lus rapidement l'article que le garçon m'avait donné. Il illustrait la façon dont les globules blancs engloutissent et dévorent les bactéries invasives et comment, dans un corps sain, cela peut créer une immunité naturelle à la maladie. J'essayai d'en parler avec Mr. Soper, mais l'ombre qui entourait ses sourcils me montra le douloureux doute qu'il avait envers moi.

– Je suis contente que ce jeune homme m'ait donné cet article à lire, lançai-je.

Mon chef croisa mon regard à peine une seconde :

– Oui, dit-il. Jonathan. C'est un jeune scientifique brillant ; il trouve toujours les rapports les plus pertinents.

Cette description me frappa de plein fouet. Je dirais que le Dr Pasteur est brillant, ou le Dr Metchnikov, mais pas ce simple garçon. Je demandai :

– Est-ce que vous pensez que cela pourrait expliquer comment Mary transporte la maladie tout en y étant immunisée ?

Mr. Soper parcourut une colonne de chiffres du doigt d'un air distrait :

– Cela se pourrait bien.

– Nous n'avons pas eu d'autres nouvelles des docteurs de l'île concernant la vésicule biliaire problématique de Mary, n'est-ce pas ? demandai-je.

Il releva la tête et soupira :

– Quand ce sera le cas, cela expliquera certainement beaucoup de choses, miss Galewski.

Son ton me perturba beaucoup.

Mr. Soper et moi avions partagé tant de conversations sur les cellules et les maladies. C'est le premier à m'avoir montré ce qu'il se passe sous un microscope. Il m'avait appris à lire des tableaux et des rapports et à les rédiger. L'idée qu'il ne me voie plus que comme une chose manquant de sérieux et volage me rend malade. Je dois endurer cette situation ; je dois faire des efforts pour regagner son respect.

## *15 mars 1907*

*J'ai retrouvé* le tout premier carnet de notes que j'avais rempli. La première date inscrite était celle du 2 janvier 1900, deux ans après le départ de mon père. Il n'était pas encore officiellement porté disparu.

J'étais une fille bien différente à l'époque. Je sentais encore l'odeur du métal de l'usine sur ses mains, j'entendais encore le timbre de sa voix dans ma poitrine quand il parlait. Je pouvais encore sentir ses cheveux rêches contre ma joue quand il m'embrassait. Je l'entendais crier mon nom depuis notre fenêtre, demandant à Benny et à moi de rentrer pour allumer les bougies du shabbat.

Je pleurais seule, en lisant ces mots de mon moi enfantin, vidant littéralement mes yeux des larmes que j'avais gardées à l'intérieur pendant toutes ces années. Je pleurai jusqu'à en avoir mal aux poumons. Je pressai ma couette contre moi, comme de la gaze sur une plaie, pendant longtemps, assez longtemps pour interrompre l'hémorragie.

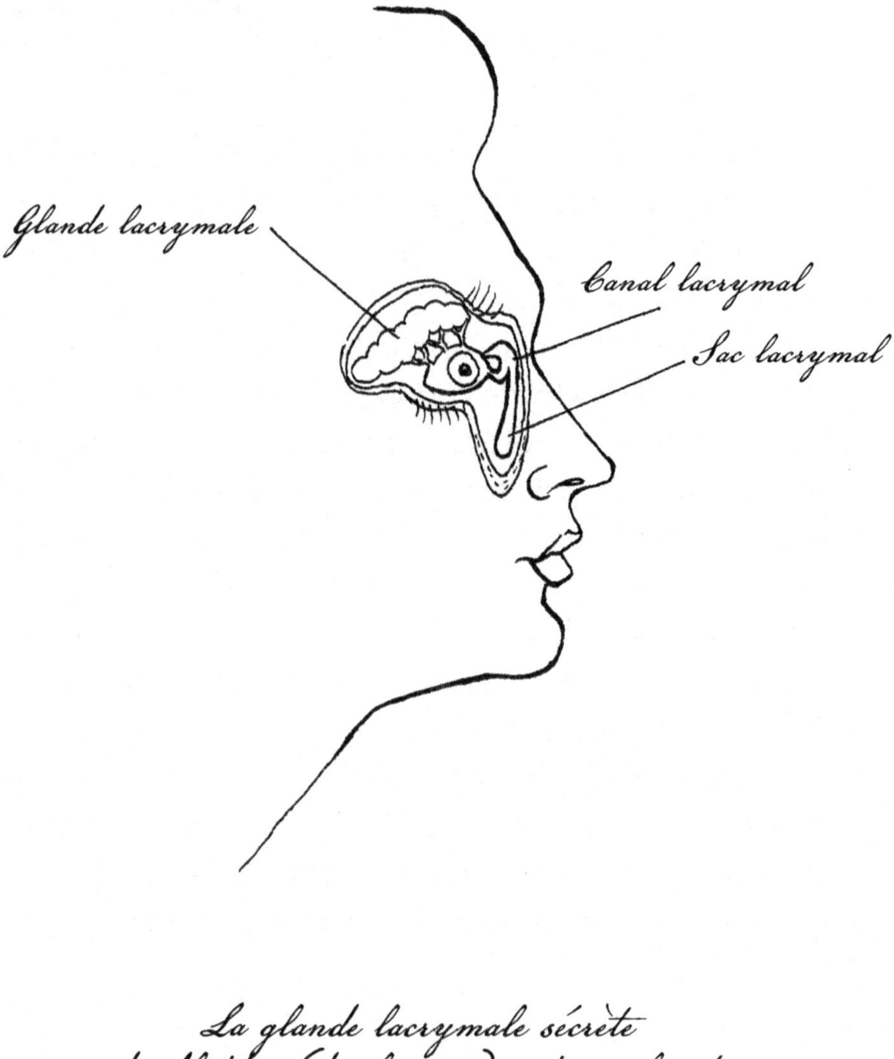


La glande lacrymale sécrète
des fluides (des larmes) qui expulsent
des hormones produites après un excès
d'émotions

THE NEW YORK AMERICAN

16 mars 1907 Cinq cents

# MARY TYPHOÏDE ATTAQUE EN JUSTICE LE DÉPARTEMENT DE LA SANTÉ

## « BANNIE COMME UNE LÉPREUSE ! » DIT-ELLE

### L'INCROYABLE MALHEUR D'UNE PRISONNIÈRE SUR L'HÔPITAL INSULAIRE DE QUARANTAINE DE NEW YORK

La désormais célèbre cuisinière Mary Mallon est emprisonnée à vie sur une île de quarantaine, bien qu'elle n'ait commis aucun crime, qu'elle n'ait jamais été accusée d'acte amoral ou illégal ou été emprisonnée par une quelconque juridiction. Aucun juge ne l'a jamais condamnée. Nous nous demandons si cela est bien juste. Il semblerait que miss Mallon ne le pense pas.

« Mary Typhoïde », comme la surnomme le département de la Santé et de l'Hygiène, pourra finalement faire appel à un tribunal. Son avocat, M^e^ Charles O'Neal, a présenté au département un recours en habeas corpus. Il établit que son dossier pour emprisonnement abusif a de grandes chances d'aboutir et que, si le juge est juste et raisonnable, elle devrait être libérée à court terme. Mary Mallon est retenue depuis près de trois mois, depuis le mois de janvier, mois durant lequel elle a été emprisonnée parce qu'elle est une éprouvette humaine pour le germe de la typhoïde.

Dans une lettre rédigée à la cour, miss Mallon affirme : « Je n'ai jamais contracté la typhoïde de ma vie, comme je ne l'ai pas maintenant. Pourquoi devrais-je être bannie comme une lépreuse et forcée à vivre en solitaire ? Mes propres docteurs me disent que je n'ai pas de germes de la typhoïde. Je suis un être humain innocent. Je n'ai commis aucun crime et je suis traitée comme une moins-que-rien, une criminelle. C'est tout à fait injuste, scandaleux et barbare. Cela semble incroyable que, dans une communauté chrétienne, une femme sans défense soit traitée ainsi. »

Mary Mallon, qui est physiquement en bonne santé à tous points de vue, est retenue sur une île de quarantaine au nord de la ville de New York, avec une dizaine de tuberculeux, de personnes en rémission ou autres. Le département de la Santé et de l'Hygiène n'a pas répondu aux questions sur la façon dont les docteurs espèrent la maintenir en bonne santé sur une telle île ni sur la date de sa sortie. Ils ont fait appel à d'éminents avocats pour se pencher sur la question de la légalité du confinement de miss Mallon et insistent sur le fait qu'un juge verra que « Mary Typhoïde » est une menace pour la société. Ils affirment qu'elle devrait rester confinée indéfiniment.

## 20 mars 1907

Il me semblait impossible que les médias tombent encore plus bas, mais ils y sont parvenus. Cette illustration m'horrifie, comme le nom qu'ils ont inventé pour Mary. Ils la pratiquent comme un sport, ils se renvoient son nom et son image comme une balle de tennis. Personne ne peut rien faire pour les contrôler.

Mais le pire, c'est que cet article contient beaucoup de faits.

Il s'avère que les infirmières de l'île avaient porté assistance à Mary, assumant le rôle de messagères en apportant ses excréments à un laboratoire indépendant de Manhattan. Apparemment, ce laboratoire n'avait pas trouvé de typhoïde. Plusieurs semaines d'analyses des échantillons de Mary avaient été effectuées et tous les résultats sont négatifs. Je ne comprends pas quelle méthode ils avaient employée ; Mr. Soper pense que les échantillons doivent être vieux, ou que le laboratoire ne doit pas être de bonne qualité. Qui sait si ce sont bien les échantillons de Mary ? En plus de l'insultante assignation en justice de Me O'Neal, Mr. Soper est doublement troublé par cette prétendue preuve que l'avocat de Mary souhaite présenter.

Nous pensons que les Bowing sont impliqués dans la désignation de ce bulldog d'avocat, même s'ils avaient fait en sorte que leur nom ne fût pas mentionné. Au lieu de traîner l'affaire jusqu'en justice, M[e] O'Neal avait présenté au département un recours en habeas corpus, qui permet à un prisonnier, estimant avoir été injustement incarcéré, de rencontrer un juge. Sans jury, un juge seul décidera du cas de Mary. Il peut le faire en une seule journée d'audition s'il le désire. Et s'il décide que le département la retient à tort, il peut alors la faire libérer sur-le-champ.

Pour assurer notre défense, nos scientifiques sont en train de rassembler des preuves attestant du phénomène de porteur sain. Ils avaient simplifié le texte fondateur du Dr Koch au sujet de la découverte du premier Allemand qui avait répandu la typhoïde à son insu par ses excréments. Ils traduisent également en ce moment les travaux du Dr Metchnikov sur les globules blancs et l'immunité, ainsi que les études du Dr Pasteur sur la vie des bactéries à l'intérieur du corps humain. J'avais passé ces derniers jours à retranscrire à la machine le premier de ces articles, ce qui me permit de m'éduquer. J'espère qu'un juge ne sera pas intimidé par l'influence dont Mr. Bowing peut bénéficier auprès du bureau du maire, mais qu'il prendra plutôt le temps de lire ces articles importants et de comprendre notre point de vue.

Nos avocats discutent des droits de notre département et de la loi qui prévaut : la liberté individuelle ou le droit du public de jouir d'une bonne santé, d'une communauté protégée. Il existe une loi (Section 1170) qui établit que le conseil de la santé et de l'hygiène de la ville de New York peut interdire une personne malade d'accès au public si elle est contagieuse, pestilentielle ou infectieuse. Cela semble sans équivoque, mais une question continue de déranger ces hommes intelligents : est-ce que Mary peut être légalement considérée comme une personne infectieuse ?

Durant les prochaines semaines qui mèneront au jugement, j'ai peur que nous marchions sur des charbons ardents. Une épidémie de typhoïde fut constatée à Riverdale qui, selon Mr. Soper, pourrait bien être causée par un autre porteur sain comme Mary. Si nous pouvons trouver un autre exemple, peut-être cela renforcera-t-il notre dossier ? Il me paraît logique que Mary ne soit pas une exception, mais qu'elle fasse plutôt partie d'un problème invisible plus vaste qui doit être traité.

En guise d'expérience, Mr. Soper demanda aux scientifiques de dépister plusieurs personnes du département qui avaient survécu à la typhoïde. Nous découvrîmes qu'ils ne portaient aucun germe de la typhoïde. Cela prouve donc que tous ceux qui avaient contracté la fièvre ne sont pas automatiquement des porteurs sains. Mr. Soper pense que la majorité des personnes survivent à cette fièvre sans continuer à en produire les germes. En effet, nous n'avions pas trouvé d'autres personnes comme Mary. Existent-elles ? Et si c'est le cas, doit-on dépister chacun des survivants pour découvrir s'ils portent la maladie ?

Demain, nous irons à Riverdale et commencerons à enquêter sur cette nouvelle épidémie. J'ai hâte d'en découvrir la source. Elle semble similaire (dans certains aspects) au cas Thompson, avec des clusters de personnes tombant malades parce qu'ils consomment des produits d'une source infectieuse plutôt que par contagion.

Après avoir lu les travaux du Dr Pasteur, un phénomène étrange m'affecte quand je me déplace parmi des foules dans des tramways ou des omnibus. Je les vois comme une myriade de maladies à détecter. Des maladies dont on ne sait encore rien, qu'on ne peut pas encore diagnostiquer. Mes yeux repèrent ceux qui semblent les plus faibles, et je vois les bactéries, aussi variées et nombreuses que dans une métropole, vivant en eux.

Je vois mon avenir dans ces gens.

## 30 mars 1907

*Nos déplacements* à Riverdale nous avaient fait découvrir tout un nouveau terrain d'enquête et avaient ajouté une tout autre dimension au cas de Mary.

Mr. Soper et moi prîmes un train et une voiture jusqu'au Bronx pour mener notre investigation. Nous retrouvâmes des traces de la typhoïde dans cette partie de Riverdale qui remontent jusqu'à novembre de l'année dernière. Au total, quatre-vingt-seize personnes malades, treize décès et de nouvelles victimes tous les jours. Un nombre de gens horriblement élevé.

Nous allâmes à l'hôpital pour voir les derniers cas, en espérant obtenir les informations les plus fraîches possible. Nous rendîmes visite à sept patients. L'un d'entre eux, une fille de huit ans, ne cessait d'aller aux toilettes. Un autre enfant parvenait à peine à se tenir droit à cause de son mal de crâne. Nous parlâmes aux deux mères de ces enfants et pûmes en tirer des informations utiles. Nous allâmes ensuite voir un pauvre homme qui délirait à propos de la femme de son voisin, mais il était bien trop dément et trop proche de la mort pour que nous pussions l'interroger. Quatre femmes portaient la même éruption en forme de rose qui était apparue sur Amy Thompson, mais elles pouvaient se déplacer et répondirent à nos questions concernant leur régime et leurs achats et les personnes qu'elles avaient croisées dans le mois qui venait de s'écouler. Ces réponses et celles des mères étaient amplement suffisantes.

Toutes les victimes avaient acheté leur lait, leur beurre et leur crème à la ferme Kinley. Nous nous rendîmes immédiatement sur place et prélevâmes des échantillons pour analyse. Le lait était sain, tout comme la crème, mais une partie du beurre s'avéra positif à la typhoïde.

Nous retournâmes à la ferme, amenant la Dr Baker et Jonathan avec nous, afin de dépister le fermier et plusieurs de ses assistants sur place. La docteure les convainquit qu'un dépistage quotidien était nécessaire et préleva du sang à chacun d'entre eux, puis Jonathan vérifia les échantillons avec le test de sérum sanguin Widal. Tous étaient négatifs, sauf celui de Mr. Kinley.

L'homme est assailli par les germes de la typhoïde.

Imaginez la surprise que cela fut de trouver un deuxième porteur sain, et surtout si rapidement ! Même si Mr. Kinley ne travaille pas régulièrement avec le lait, à l'occasion il aide. Toutefois, il n'y a que lui qui façonne le beurre en briques, et il le fait à mains nues. C'est comme ça qu'il transmet la fièvre.

Mr. Kinley avait entendu parler de Mary Mallon,

qu'il appelait « Mary Typhoïde », surnom que j'entends malheureusement très souvent désormais. Il s'était moqué de cette sale Irlandaise, jusqu'à ce qu'il comprît les résultats de son propre test Widal. Mr. Soper lui parla de l'épidémie de Riverdale. Mr. Kinley nia en être responsable ; sa fureur me fit penser que les choses allaient très mal tourner. La Dr Baker lui rappela avec fermeté l'intervention de la police dans le cas de miss Mallon, et le fermier nous accompagna à contrecœur à l'hôpital de détention, où il est actuellement en quarantaine.

C'est une découverte très perturbante. Je ne pense pas que quelqu'un ait réellement imaginé qu'un autre porteur sain puisse exister, si ce n'est Mr. Soper, qui semblait en être persuadé depuis le début. Le fait que Mr. Kinley ne fût pas simplement testé et relâché, mais qu'il fût désormais en détention, avait été décrié. Beaucoup de lettres furent envoyées à la rédaction des journaux, et sa femme en est grandement affectée. Les reporters s'écrient que, bientôt, un New-Yorkais sur deux en bonne santé sera en quarantaine par notre faute, et sans aucune raison valable. Aucun des membres des organes de la presse n'avait pensé à se rendre au Memorial Hospital de Riverdale pour voir les enfants, les hommes et les femmes en plein accès de fièvre qui agrippaient leur estomac de douleur après une infection à la bactérie *Salmonella typhi* que Mr. Kinley leur avait transmise sans en être conscient. S'ils s'étaient fatigués à le faire, ils auraient alors su la vérité. Ils verraient de leurs propres yeux pourquoi nous le maintenons à l'écart du public. Ils ne choisiraient plus le germe face à l'homme.

Je commence à comprendre qu'il faut une certaine résistance pour faire des choix qui ne sont pas populaires. J'imagine que c'est l'un des défis les plus difficiles qu'un médecin doit relever. Je ne sais pas encore ce que le département compte faire de Mr. Kinley. Peut-être que cela dépendra de la décision du juge quant au cas de Mary. Nous ne savons pas combien il existe de ces porteurs sains, ni ce qui fait qu'ils sont porteurs sains, ni ce que nous devons faire. Il n'existe simplement aucun précédent.

Mr. Soper semble inclure Jonathan dans chacun des aspects de notre affaire désormais. Son implication me dérange. Il sera entendu lors de l'audition de Mary, ainsi que plusieurs scientifiques de son département. De tous les scientifiques, pourquoi lui ?

Peut-être devrais-je faire preuve de compassion pour Jonathan. Je l'avais entendu parler avec la Dr Baker dans le train. Il avait grandi dans l'orphelinat de Saint-Francis après la mort de ses parents. Il était bien trop jeune pour se souvenir d'eux. Il est fils unique. Toutes ces informations semblaient susciter la plus profonde des pitiés chez la Dr Baker. Il avait survécu à bien des difficultés, à une vie de crime et de vice dans les rues. Il vient d'un autre monde, mais celui-ci me semble trop loin du mien pour que je puisse le comprendre.

## *6 avril 1907*

*Cette affaire* avance tellement vite que je parviens à peine à trouver du temps pour tenir ces notes. Onze d'entre nous doivent comparaître devant le juge : Mr. Soper et moi, la Dr Baker et les deux agents, Jonathan, trois scientifiques chevronnés, le Dr Parks et un médecin de l'île. Nous nous étions rassemblés dans la salle de conférence, et les avocats nous expliquèrent leur plan pour la défense, une ligne droite tracée entre la maladie et Mary.

Ils nous détaillèrent ce que l'avocat de Mary, M^e^ O'Neal, pourrait dire et le genre de questions qu'il pourrait nous poser en contre-interrogatoire. Ils nous suggérèrent de réfléchir à ce qui est la vérité et à ce qui nous ferait gagner l'affaire. Ils nous dirent d'employer des phrases qui mettraient l'accent sur l'obstination de Mary et sur son manque violent de coopération.

Alors que la date approche, l'idée de parler face à un juge me fait de plus en plus peur, surtout lorsqu'on me demande de voir la vérité comme quelque chose que l'on peut choisir, plutôt que comme un tout. Je ne suis même pas certaine de ce à quoi cela correspond réellement. Ne peut-on pas simplement relater toute l'histoire et laisser le juge décider ? La vérité ne prévaudra-t-elle pas ?

Oh, si seulement on ne m'avait pas appelée à comparaître au procès !

## *8 avril 1907*

*Plus qu'une* semaine avant de revoir Mary Mallon en chair et en os, et j'ai l'estomac noué à cette idée. J'ai peur qu'elle me pointe du doigt dans le tribunal et s'écrie : « Vous ! » comme dans mon cauchemar.

Je me déplace avec ce sentiment brutal et désagréable d'être percée à jour. Je n'arrive pas à me défaire de cette sensation horrible.

Nous avions eu une autre réunion avec les avocats durant laquelle ils avaient organisé notre placement devant le juge. Dans le tribunal, je serai assise entre Mr. Soper et la Dr Baker au premier rang, avec Jonathan et les scientifiques derrière moi. Durant cette réunion, Jonathan n'avait de cesse de se pencher en avant pour me tapoter l'épaule afin de me dire quelque chose, mais je repoussais poliment ses tentatives pour ouvrir la conversation.

Je ne savais pas que quelqu'un m'avait vue faire cela.

À la fin de la réunion, la Dr Baker se pencha vers moi et me demanda si je voulais bien la rejoindre dans son bureau. Quelque chose dans sa demande, dans la gravité de ses yeux m'inquiétait. Je demandai si nous allions commencer le tutorat, mais elle secoua la tête et leva la main pour m'empêcher de poser d'autres questions.

Je la suivis à l'étage dans son bureau, où elle me fit signe de m'assoir sur une chaise pendant qu'elle s'installait dans la sienne. Elle posa les coudes sur son bureau, croisa les mains et posa son menton sur le tout, comme si elle cherchait les bons mots à employer.

– Prudence, lança-t-elle, je ne suis pas sûre qu'il y ait de bonne façon d'aborder la chose, mieux vaut être franche et directe.

– Je vous en prie, allez-y.

– Il est important que notre département travaille en harmonie, expliqua-t-elle.

– Bien sûr, affirmai-je.

J'essayais de déceler le fond de sa pensée dans ses yeux, mais elle était impénétrable.

– Il est important que toi, en tant que femme, tu t'entendes bien avec tes collègues hommes. Tu devrais même commencer tout de suite, car tu ne sais pas qui pourrait te venir en aide à l'avenir.

Je ne m'étais jamais vue comme quelqu'un qui ne s'entendait pas avec les autres. Je lui dis ma surprise qu'elle eût vu cela en moi.

– Je sens une tension entre Jonathan et toi, expliqua-t-elle.

Mon esprit revécut immédiatement la matinée où il m'avait piégée. Ma langue semblait comme collée à mon palais.

– Je l'ai entendu essayer d'être cordial avec toi, mais toi, tu lui réponds avec mépris, ou presque, continua-t-elle.

Je regardais l'agréable visage de la Dr Baker et me demandais si elle avait déjà éprouvé des difficultés avec les hommes.

– C'est un jeune homme intelligent et, vu ses expériences intelligentes dans notre laboratoire, je le vois devenir un grand scientifique un jour. C'est ce genre d'hommes qui peut influencer ta carrière.

– C'est que... Je... M'dame, je ne suis pas certaine que ce garçon me respecte un jour en tant que docteure, bégayai-je.

Elle fronça les sourcils :

– Que veux-tu dire ? demanda-t-elle.

Le son de sa voix me poussa à lui faire confiance et à lui avouer ce qu'il s'était passé. Je pris une grande inspiration et lui expliquai tout, la façon dont le garçon avait essayé de m'embrasser, la façon dont Mr. Soper m'avait sauvée. Ses lèvres devinrent blanches de rage alors que je parlais.

Elle ferma les yeux un moment, puis les rouvrit, me regardant bien en face :

– Tu rencontreras ce genre de comportement, Prudence. L'ignorance est monnaie courante chez les hommes, tu dois alors leur apprendre comment ils doivent te traiter. En ignorant Jonathan, tu n'améliores pas votre relation. Il te faut être meilleure que lui, plus futée.

Dans ses yeux calmes, je décelais une volonté de fer, cet état d'esprit dur qui lui permettait de pénétrer dans les maisons des étrangers et de combattre la maladie. C'était de la détermination pure.

– Tu dois faire attention à tes émotions, continua-t-elle. Tu ne dois pas laisser ton aversion pour un homme ou ton amour pour un autre (elle appuya légèrement sur le mot « amour » sans me regarder) interférer avec ton travail ou tes études. Tu dois apprendre à rester neutre. Garde cette passion pour toi et pour les connaissances que tu dois acquérir, me conseilla-t-elle.

Ses mots m'avaient percée, je me sentais nue face à elle. Elle savait les sentiments que j'avais pour Mr. Soper ! Elle me laissa partir et, tandis que je descendais les marches, il m'apparut qu'elle n'était pas la seule à pouvoir lire mes sentiments avec autant de clarté. Mr. Soper n'était pas redevenu l'homme que j'avais rencontré depuis que je l'avais embrassé. Il était civil et direct, professionnel, mais il n'était plus ouvertement gentil.

Avait-il parlé de moi à la Dr Baker ?

D'autres personnes avaient-elles remarqué ?

J'avais peur que tous les employés du département pussent lire le secret de mon cœur. J'avais peur que tout le monde connût mon faible pour Mr. Soper, et mon dédain pour Jonathan.

Quand j'eus atteint notre bureau, je souhaitai un bref « bonne nuit » à Mr. Soper et partis. Je ne pris pas le tramway, je marchai les deux kilomètres qui me séparaient de chez moi. Je réfléchissais à ce qu'avait dit la Dr Baker. Elle avait appris à faire attention à ses émotions, à voir les hommes comme une possibilité d'influencer sa carrière, comme des tremplins vers des buts à venir. Ne s'était-elle jamais sentie à vif et à découvert ? N'avait-elle jamais aimé ?

J'ai peur qu'elle me voie peut-être comme moi je vois Josephine : irrationnelle, irritable, sensible aux réactions des hommes. J'ai peur qu'elle s'imagine avoir pris la mauvaise décision lorsqu'elle a choisi de m'aider à entrer à l'école de médecine. Si seulement je pouvais me débarrasser de cette anxiété. Je dois apprendre à parler aux personnes d'une manière calme et contrôlée. Oh, comme mon propre poids m'écrase sur Terre ! J'aimerais pouvoir retenir mon souffle, plonger au plus profond de l'East River et laisser l'eau me submerger, emportant ainsi la vague de mes émotions.

## *10 avril 1907*

*J'aimerais pouvoir* parler de papa à Marm, mais je sais qu'il vit en elle chaque instant de chaque journée, qu'elle pense à lui le matin en se levant et le soir avant de se coucher. Je ne veux pas qu'elle souffre du fait qu'il ne reviendra jamais.

Je me demande si papa partageait ces pensées. Si c'est pour cela qu'il ne voulait pas qu'on découvrît son destin.

Garder cette connaissance en moi est comme m'enfoncer un couteau dans la poitrine. Peu importe comment j'essaie de l'éviter, la douleur ne me quitte pas.

Je dois trouver un moyen de le lui dire.

## *14 avril 1907*

*Le procès* avait débuté aujourd'hui. La gaffe que j'avais commise au tribunal est de ma seule faute. Pourtant, j'ai le sentiment que Mr. Soper aurait dû se douter de ce qui allait se passer. Il aurait dû le savoir et me prévenir.

Ce matin, alors que je marchais sous une fine pluie en direction du tribunal, qui se trouve près du pont de Brooklyn, je me sentais fatiguée après un sommeil agité. Quand je commençai à apercevoir le gigantesque bâtiment en pierre, je remarquai un groupe de femmes en bas des larges marches qui portaient une bannière sur laquelle était inscrit : LIBÉREZ MARY MALLON ! Des gens qui semblaient passablement en colère tenaient, eux aussi, des pancartes : SI ELLE C'EST MARY TYPHOÏDE, ALORS JE SUIS DAN DIPHTÉRIE ! ou encore RELÂCHEZ LE FERMIER TOUT DE SUITE ! Ils scandaient leurs slogans avec fureur. J'avais l'impression qu'ils me criaient dessus.

En haut des marches, la Dr Baker se tenait entre deux grandes colonnes et parlait à Jonathan.

Des personnes avec des appareils photo et des chapeaux de la presse photographiaient les manifestants. Pendant notre affaire, le tribunal serait fermé aux reporters par ordonnance du juge. Mon cœur battait à tout rompre alors que j'avançais dans la foule et que je gravissais les marches jusqu'à la docteure. Je me forçai à regarder Jonathan dans les yeux et à lui dire : « Bonjour », une salutation qu'il me retourna. Je me tenais à côté de lui alors que nous attendions Mr. Soper, qui fila entre deux voitures et vint nous rejoindre, ignorant royalement la foule.

Alors que Mr. Soper parcourait les dernières marches, Jonathan ouvrait quant à lui la porte du tribunal et nous entrâmes tous. Nous traversâmes le couloir de marbre jusqu'à trouver la salle indiquée, un cube feutré laminé de bois avec des rangées de bancs, comme dans une synagogue, et un haut podium pour le juge.

Nous nous assîmes derrière nos avocats ; d'autres personnes entrèrent ; enfin, le tribunal accueillit les témoins qui seraient appelés par les deux parties. Je vis les Thompson, les Bowing et d'autres familles qui avaient engagé Mary Mallon. Jonathan pointa du doigt M^e^ O'Neal, l'avocat de Mary, et deux des hommes assis derrière lui. Il expliqua :

– Ce sont les scientifiques indépendants qui disent qu'elle ne porte pas le germe. Des rats de laboratoire !

En dehors de la salle, je pouvais entendre des voix d'hommes, des journalistes attendant l'arrivée de Mary. Ils n'eurent pas à patienter longtemps, elle passa par une porte à l'avant de la salle, accompagnée d'une infirmière et d'un policier. La salle devint soudain calme. Elle était bien coiffée, son col était blanchi, sa robe propre et repassée. Elle semblait plus lourde ; elle ne regarda aucun d'entre nous ; elle s'assit à côté de son avocat et agrippa les accoudoirs de son siège. Quelque chose dans ma poitrine se resserra en la regardant, cette femme dont la vie avait changé parce qu'elle transportait quelque chose en elle. Dans ma tête, elle était devenue une idée, une théorie du germe, mais elle était bien là, en chair et en os, et ce mauvais sentiment d'étau se déplaçait partout en moi.

Le juge entra et s'assit, les avocats exposèrent les détails de leurs affaires, Mary Mallon contre le département de la Santé et de l'Hygiène. Le premier témoin appelé fut Mr. Soper, qui expliqua comment nous avions découvert que Mary était une porteuse saine de la typhoïde. Il semblait très digne à la barre et s'en tint aux données scientifiques de base détaillées dans les in-folios qu'il avait rédigés pour le tribunal. Il fut interrogé pendant environ vingt minutes, et contre-interrogé pendant quinze autres minutes, puis vint mon tour.

J'essayais de rester aussi calme que mon chef. Je répétais une grande partie des informations données par Mr. Soper, expliquant comment j'avais maintenu des notes et suivi la piste de la nourriture jusqu'à la glace aux pêches, ce qui nous mena à miss Mallon. Mais pendant le contre-interrogatoire, M$^{e}$ O'Neal me posa d'autres questions que celles qu'il avait posées à Mr. Soper. Je ne voyais pas où il voulait en venir avant qu'il fût trop tard.

– Et comment avez-vous découvert où Mary Mallon vivait ? demanda M$^{e}$ O'Neal.

– Mr. Soper et moi attendions devant la maison où elle travaillait. J'étais absente pendant la période de Noël et, quand je suis revenue, nous nous sommes rendus dans un saloon et avons parlé d'elle à un homme, qui a bien voulu organiser une rencontre.

– Comment avez-vous fait en sorte que cet homme accepte ? demanda l'avocat.

Ce fut alors que je réalisai mon erreur, l'ivrogne était assis sur un banc derrière M$^{e}$ O'Neal, et je compris qu'il lui avait parlé de l'échange monétaire. O'Neal m'avait manipulée pour me faire avouer.

– Nous... nous lui avons offert quelques dollars.

– Vous lui avez versé un pot-de-vin ? insista M$^{e}$ O'Neal. Vous avez épié Mary, l'avez suivie et avez soudoyé son ami ? C'est un protocole normal pour le département de la Santé et de l'Hygiène ? L'espionnage et les pots-de-vin ?

Nos avocats firent objection à la conclusion d'O'Neal concernant nos actions, mais le juge accepta ces questions.

Je regardai le juge, dont les sourcils hirsutes et gris cachaient les yeux. Il attendait ma réponse, comme tous les autres. Je sentis ma bouche s'ouvrir, une centaine de mots s'accrochant à ma langue. Je trouvai les tristes yeux de Mr. Soper dans la foule. Je sentis une grande vague de colère se diriger vers lui, pour m'avoir menée à cela, pour ne pas m'avoir prévenue.

Puis je compris ce qu'avaient dit nos avocats : afin d'empêcher Mary de cuisiner pour le public, nous devions expliquer sa résistance obstinée.

– Elle était violente quand nous essayions de l'approcher avec politesse, expliquai-je. Elle nous criait dessus et brandissait un couteau. Elle nous a même jeté une fourchette de cuisine. Elle nous insulte et ne nous croit pas, et c'est pourquoi elle est dangereuse...

O'Neal me coupa :

– Ce sera tout, miss Galewski. Nous n'avons plus de questions. Vous pouvez quitter la barre.

Je regardai les yeux choqués de nos avocats alors que je regagnais mon siège. Mon rang était rempli de visages déçus ; seul Mr. Soper soutint mon regard. Mes joues me brûlaient de honte, des larmes voilaient ma vision. Même Jonathan semblait déçu. Pourquoi est-ce qu'O'Neal n'avait pas posé ces questions à Mr. Soper ? Pourquoi nos avocats ne m'avaient-ils pas prévenue ? Mais je le savais, je n'avais rien dit de cet espionnage ou du pot-de-vin dans nos notes de bureau ; nos avocats ne savaient rien des méthodes de Mr. Soper. Mais lui aurait dû s'en douter. Je m'assis à côté de mon chef et lançai un regard à la tête coiffée de Mary. Je priai pour que les manigances illégales de Mr. Soper ne la fissent pas libérer. Parce que ma faute avait été de les avouer.

La Dr Baker fut ensuite appelée à la barre, et je me forçai à écouter son témoignage malgré la détresse qui tonitruait dans mon esprit. Elle aussi fut testée lorsqu'on questionna sa décision d'entrer dans la maison sans mandat, mais elle géra son interrogatoire avec une assurance froide, réaffirmant la politique du département et notre but de protéger de la maladie la sphère publique de n'importe quelle manière, que celle-ci se propageât par l'eau, la nourriture ou l'homme.

– L'urgence était réelle, dit-elle avec fermeté.

– Vous ne pouviez pas attendre un jour de plus pour obtenir un mandat du tribunal ? demanda O'Neal.

– Non, c'était impossible, s'exclama-t-elle. Une journée aurait pu équivaloir à un autre malade. Nous ne pouvions pas nous y risquer.

Sa conviction me mit du baume au cœur. Je me jurai d'être un jour aussi forte qu'elle.

Une fois qu'O'Neal eut terminé de l'interroger, l'un des scientifiques fut appelé. Il parla de bactéries et du transport des germes. Il fournit au juge tous les articles que lui et les autres avaient rédigés. Durant le contre-interrogatoire, O'Neal demanda à l'homme si la théorie du porteur sain était officiellement acceptée par l'Académie de médecine, et le scientifique dut bien reconnaître que ce n'était pas le cas.

Jonathan fut ensuite appelé. Il fit un court exposé sur le test Widal et précisa que les échantillons de Mary envoyés à un laboratoire n'étaient que des excréments et que cela était bien moins définitif qu'une analyse de sang.

– Quand les excréments ne sont pas frais, le germe de la typhoïde meurt, et l'analyse se révèle alors négative, expliqua-t-il. Si vous me permettiez de lui faire un test Widal maintenant, je pourrais vous montrer qu'il est positif. Mary est une porteuse dangereuse.

– Cela ne sera pas nécessaire, répondit M^e^ O'Neal.

– Seule l'analyse de sang est sûre, continua Jonathan.

Il parla de Mr. Kinley, notre deuxième porteur sain, et je vis les yeux du juge s'agrandir d'intérêt. Jonathan avait réussi à raconter la majorité de l'histoire de Riverdale, l'étendue de l'épidémie causée par notre deuxième porteur sain, avant qu'O'Neal insistât pour qu'il quittât la barre.

La journée se conclut par le témoignage du Dr Parks, qui affirma que Mary portait la typhoïde dans sa vésicule biliaire. Le juge accepta de continuer d'entendre tous les témoins appelés à la barre, ce qui pourrait prendre une semaine de plus.

Je quittai le tribunal, avec la furieuse envie de m'échapper chez moi, tout à fait consciente que Mr. Soper calquait son rythme de marche sur le mien. Dans la rue, nous fûmes instantanément entourés par la presse et le public qui voulaient savoir ce qu'il s'était passé. Mon chef me toucha l'épaule ; il croisa mon regard et opina de la tête ; je le suivis de près alors qu'il nous frayait un chemin dans la foule sans émettre le moindre commentaire.

Une fois la foule derrière nous, je dis :

– Je n'ai pas pu m'en empêcher.

Il marchait avec ses mains dans le dos, la tête penchée, alourdie par ses pensées :

– Non, ce n'est pas de ta faute, Prudence, dit-il.

Il me semblait soudain plus vieux et plus faible, fatigué de se démener dans cette bataille interminable contre les médias et Mary, qui refusaient de comprendre qu'elle portait une maladie.

– Cet avocat est un sacré morceau, dit Mr. Soper, et tu as bien géré la situation.

Les tâches secrètes que nous avions effectuées nous liaient. Je le compris et je me sentis capable de lui pardonner.

Je ressentais, également, un certain pardon qui émanait de lui. Nous traversâmes la ville en silence, nos fautes humaines étaient devenues une sorte de trêve entre nous.

## *13 avril 1907*

Je ne voulais pas que Marm découvrît le sort de papa ainsi. J'aurais aimé le lui dire plus tôt. J'aurais aimé ne pas avoir une telle mauvaise nouvelle à lui annoncer.

Après une autre journée de témoignages, j'étais rentrée à la maison et avais découvert Marm debout dans la pièce de devant, tenant mon sous-main à buvards et regardant la table.

Étalés dessus se trouvaient l'insigne de mon père et les notes de Mr. Soper.

Mon estomac se resserra. De toute évidence, elle avait trouvé l'insigne et les notes par accident. Son visage avait une drôle de forme, triangulaire, avec des lignes distordues sur ses joues. J'étais rentrée en voulant lui parler du tribunal, sujet que nous n'avions pas encore abordé. Je n'étais pas prête à la retrouver ainsi. Elle semblait entourée d'un halo bleu clair, tellement épais que j'avais l'impression de pouvoir à peine marcher dans la pièce. Je me demandais depuis combien de temps elle se tenait ainsi, à m'attendre.

Quand elle releva les yeux, ce halo bleu fut projeté dans ma direction comme une vague.

Elle saisit l'insigne et le maintint dans sa paume :

– D'où est-ce que ça vient, ça ?

– Un homme nommé Mr. Wilcox a vu mon nom dans les journaux, répondis-je rapidement. Il a connu papa durant la guerre ; ils se sont battus ensemble ; papa lui a sauvé la vie. Puis il est mort. Je suis désolée, Marm, je voulais te le dire. Papa est mort de la fièvre jaune il y a longtemps. Il ne voulait pas que nous le sachions, il a donc donné son insigne à Mr. Wilcox.

Je sentis que ce couteau se délogeait de ma poitrine.

Marm gémit, refermant ses doigts autour de l'insigne. Sa main tremblait :

– Son père était mort ainsi durant la guerre de Sécession, murmura-t-elle.

Elle rit avec amertume, essuyant ses larmes avec colère.

– Il n'est pas mort en héros à défendre une colline. Il est mort de la variole. Ton père n'a jamais voulu le reconnaître.

Elle secoua la tête et retint son souffle pour arrêter un sanglot. Je comptai les secondes : variole, variole, variole.

– Ton père et moi nous disputions souvent à ce sujet, de sa courageuse idée de rejoindre l'armée. Je ne voulais pas qu'il s'en aille.

Elle secoua la tête, et tout s'écroula :

– Quand les jambes de Benny se sont gangrénées, ton père a quitté son travail à l'usine pour s'occuper de lui. J'avais alors déjà commencé mon apprentissage auprès de Granny Rosa, et je ne pouvais pas prévoir le temps nécessaire pour mon travail. J'avais peur que ton père perde le sien ; je voulais que Benny soit soigné par une infirmerie publique, mais il ne voulait pas en entendre parler. Il a surveillé ce garçon jour et nuit, le sortant dans la rue pour qu'il prenne un peu d'air frais. Et quand il est mort, ton père a essayé de retourner au travail, mais ils ont refusé de le laisser retourner à l'usine. Personne d'autre ne voulait l'embaucher. Ils ne pouvaient pas faire confiance à un homme qui quittait son poste pour un enfant. Nous n'avions pas d'argent, nous avons commencé à nous disputer, des disputes terribles.

Elle posa sa main contre son front comme si elle cherchait à empêcher les souvenirs de s'échapper.

Neuf ans d'attente.

Une vie entière.

Elle laissa tomber l'insigne sur la table et alla dans la pièce de derrière. Je ne sais pas si elle était allée pleurer ou si elle allait revenir. Je l'entendis se déplacer, et je traînai doucement l'insigne à la surface de la table avec sa chaîne. Je me demandais si elle avait lu les notes de Mr. Soper ; elles étaient ouvertes, cinq d'entre elles, comme les pages d'un journal à moitié lu.

Papa voulait nous revenir. Il était parti pour gagner de l'argent, il voulait revenir.

Marm revint avec une photo encadrée à la main. Dans le cadre, un jeune homme costaud dans un beau costume noir tenait fermement la main d'une fille, tout sourire, dans une robe blanche. Je scrutai son visage : des cercles noirs sous des yeux noirs perçants, des joues fines et longues, la bouche dessinant une ligne triomphante. Ils étaient devant un grand huit qui décrivait de larges cercles, et je savais que le bruit des vagues rugissait dans leurs oreilles, ils venaient juste de se marier sur Coney Island.

– Nous nous sommes rencontrés sur un banc à la plage, commença Marm. J'avais quinze ans et lui en avait dix-sept, il s'est assis juste à côté de moi et m'a demandé si j'avais déjà mangé des huîtres crues. Je lui ai répondu que non, puis Gregory a disparu. Je cherchais ma tante du regard, qui me chaperonnait cette journée-là. Sur la plage, sous son parasol, se trouvait tante Gertrude, profondément endormie.

Marm rit en se rappelant ce souvenir. Elle nettoya ses larmes du bout des doigts et soupira. Je souris. Marm se pencha et me caressa la joue de la paume de la main.

– Ton père est revenu quelques minutes plus tard, avec une assiette d'huîtres crues.

– Tu les as mangées ? demandai-je.

Elle fronça le nez et opina du chef :

– Je ne voulais pas insulter ton père. Elles venaient de son cousin Schmuel. Il avait un bar à huîtres qui n'était pas tout à fait kasher et a fait faillite. Schmuel a travaillé pour le *Half Moon* peu après.

Nous passâmes la nuit à parler de papa. Elle me dit qu'entre Benny et moi ils avaient perdu deux bébés. Pour comprendre pourquoi cela se produisait, mon père achetait le magazine *Scientific American* et, la nuit venue, quand ils rentraient du travail, ils se lisaient les articles l'un à l'autre. La clef de mon passé tourna sur elle-même dans mon cerveau, quand elle me dit ça. Le livre de sciences que m'avait donné mon père, la direction sur laquelle il voulait me mettre.

Marm ne dit rien des notes de Mr. Soper, qui m'étaient si précieuses et qui étaient posées tels des bateaux blancs sur la table. Même si elles n'étaient rien d'autre que de simples notes de bureau, pour moi, elles étaient comme les lettres d'un amant perdu longtemps auparavant. Marm et moi nous couchâmes très tard et, avant d'éteindre le gaz, je plaçai les notes sous mon oreiller, espérant que Marm ne me poserait pas de questions dessus.

## *16 avril 1907*

*Tôt ce matin*, Marm me réveilla en me secouant d'un rêve sombre de jungle et de machettes, de soldats marchant le long d'une plage, mon père les yeux fermés, reposant enfin en paix.

Elle alluma le feu dans le poêle et mit l'eau du porridge à bouillir. J'observais son visage rosi par l'aube qui se levait à travers la fenêtre ; elle semblait plus jeune, je ne sais comment, plus légère. Plus entière. Je me demandais si elle aussi avait rêvé de papa. La veille, elle m'avait raconté des choses sur lui que je ne savais pas, ses histoires avaient rempli en moi un espace vide.

Elle resta près de la fenêtre de longues minutes sans parler, jusqu'à ce que l'eau fût à ébullition. Je me demandais ce qu'elle pensait. Elle me servit un bol de flocons d'avoine et se tint au-dessus de moi, me regardant de haut.

– Je n'ai pas encore eu l'occasion de te demander comment s'est passé le procès, Prudence, dit-elle.

Je pris une cuillérée, sentant soudain que ma peau devenait plus sensible.

Elle avait remarqué que j'avais déplacé les notes, celles de Mr. Soper.

Une petite porte rouillée s'ouvrit en moi, et je me promis : plus jamais de secrets.

– J'ai peut-être fait une grave erreur, répondis-je.

Elle opina de la tête, compréhensive :

– Raconte.

Gardant les yeux sur la table, je lui expliquai comment nous avions épié et soudoyé pour arriver à nos fins avec Mary Mallon. Je parlai de la matinée avec Jonathan et de la façon dont Mr. Soper m'avait sauvée. Je lui avouai mon amour pour mon chef. Tout sortit, et je ne pouvais pas m'arrêter. Je ne voulais pas m'arrêter. J'avais besoin de le lui dire depuis des mois, à présent, c'était fait.

Une fois que j'eus terminé, elle alla vers l'évier, où elle resta debout en me tournant le dos sans me dire un mot. J'attendais qu'elle me parlât, effrayée de ce qu'elle pourrait dire. Je n'avais rien à présenter pour ma défense.

D'une voix basse, elle dit :

– Tu travailles de huit heures du matin jusqu'à six heures le soir avec Mr. Soper.

C'est alors qu'elle se tourna vers moi :

– Cela en fait du temps à passer avec son chef.

J'acquiesçai, terrifiée à l'idée qu'elle pût me retirer mon travail. Elle continua :

– Le week-end, j'espérais que tu aurais voulu sortir avec tes jeunes amis, peut-être trouver un garçon de ton âge avec lequel aller au cinéma ou au théâtre.

– J'étudie le week-end, répondis-je doucement.

– Prudence, chaque week-end, tu restes assise à cette fenêtre et tu passes des heures à écrire. Tu écris les soirs, et tu ne sors jamais, sauf si c'est pour m'accompagner. Enfin, depuis le départ d'Anushka, tu ne t'es pas fait le moindre ami. Tu passes tout ton temps seule à lire des livres, ou à écrire des lettres, ou à gribouiller tes notes. Où est ta vie ?

Je sentis ma bouche s'ouvrir en grand : je pensai à Anushka, qui ne m'avait pas écrit depuis deux semaines. Je pensai aux livres que la Dr Baker m'avait donnés et à tout ce temps que je passais à les étudier. Je pensai à mes tablettes, j'en avais rempli dix jusque-là.

Et je me dis : elle a raison.

Marm secoua doucement la tête et dit :

– Je suis coupable du même crime, depuis le départ de ton père. Nous nous sommes enfermées dans une tombe, les vêtements de ton père sont toujours dans le placard, bon sang ! Nous avons voulu être avec des gens qui étaient morts, partis ou simplement indisponibles. Mr. Charles Silver essaie de me le dire depuis des mois, et je le vois en toi également, Prudence. Nous devons ouvrir nos yeux et notre cœur aux gens qui sont proches de nous et corrects, des humains en chair et en os qui peuvent nous rendre notre affection de manière adéquate.

Ses mots me transpercèrent comme des flèches, leur justesse me touchant droit au cœur. Je repensai à mes soirées et à mes week-ends et j'eus l'impression de ne plus regarder vers l'avant mais plutôt à l'intérieur de moi-même depuis des années. Comme si je me racontais tout le temps une histoire, plutôt que de vivre l'histoire de ma vie. Soudain, les mots de Marm me forcèrent à lever la tête, à voir ce grand ciel brillant peuplé de nuées de beaux oiseaux volant très haut, les ailes chamarrées irradiant de lumière.

Nous avions passé de longues années à nous cacher, à attendre un homme qui ne viendrait jamais.

## *21 avril 1907*

*Aujourd'hui, j'avais* essayé. Plutôt que de passer mon dimanche matin à la fenêtre avec mes tablettes, j'étais sortie. Je traversais la ville en direction de l'Hudson River, admirant le long du chemin les crocus et les jonquilles qui s'élevaient dans les parcs et les herbes, et les bourgeons roses et les arbres, et les chants des moineaux et des mésanges, et les aboiements des chiens, et les cris des enfants. Je m'émerveillais de l'arc-en-ciel sur le cou d'un pigeon. Sur les bords de la rivière, je regardais des garçons téméraires nager dans les eaux froides, et je parlais à une fille sur les quais, une fille de mon âge sans ruban à son col. Elle semble être réfléchie et gentille, elle s'appelle Betty.

Plus tard dans l'après-midi, je retrouvai la Dr Baker chez elle près de Washington Square, une maison composée de quelques petites pièces élégantes où elle me montra ses modèles du système digestif humain. Nous mangeâmes de la tarte aux pommes et bûmes du thé comme deux dames tout en discutant des fonctions du gros intestin. Elle sortit ses notes de l'époque où elle était à l'école de médecine, ce qui m'inspira grandement. Ses croquis appliqués me semblaient familiers, et ses observations attentives de l'organisme humain étaient très astucieuses. Elle m'encouragea à tenir des notes personnelles, mais sans faire exclusion du reste, plutôt en complément de mes études.

Toute la journée, je me retrouvai à réfléchir à la façon de traduire tout ce qui m'arrivait dans mes notes. Puis je dus m'arrêter afin de me laisser vivre, comme l'avait dit Marm. J'avais l'impression d'être une scie, me laissant tomber dans mes pensées, puis luttant pour en ressortir. Ressortir au soleil, à l'air frais, être exposée aux voix des gens et au son du trafic en mouvement. Après avoir parlé à la Dr Baker, je sais désormais vers quel but je dois tendre. Faire en sorte que cette scie se déplace de manière équitable entre mon monde intérieur et l'extérieur sans être coincée dans l'un ou l'autre.

*Narcissus sylvestris*
*(narcisse)*

## *24 avril 1907*

*Quel soulagement* : l'affaire de Mary Mallon s'était conclue aujourd'hui avec le jugement. Les jours précédents, les familles avaient décrit comment elles étaient tombées malades de la fièvre typhoïde quelques semaines après l'avoir engagée. Les preuves pesaient bien trop lourd pour être ignorées, semblait-il, et le juge avait finalement mis un terme aux procédures.

Il frappa de son marteau pour signaler une interruption et nous observa par-dessous ses sourcils fournis.

– Cette affaire me paraît très claire, dit-il. J'ai lu toutes les preuves médicales fournies et écouté assez de témoignages pour relever un schéma. Là où Mary Mallon cuisine, des gens tombent malades.

Je vis la tête de Mary s'affaisser ; mon cœur était avec elle, pour ce dénouement tragique. Le juge continua :

– Je pense qu'il est dans le meilleur intérêt du public de garder Mary Mallon sur l'île de North Brother, où elle restera jusqu'à ce que la science médicale puisse trouver une solution à ce problème. J'ordonne qu'elle retourne en quarantaine.

Des voix s'élevèrent dans le tribunal ; Mary et O'Neal commencèrent à protester, et l'ivrogne souffla et pesta, se levant à demi de son banc. Nos avocats se tapèrent dans le dos l'un de l'autre. La Dr Baker s'approcha de moi et me serra l'épaule. Mr. Soper me montra sa main ; nos deux paumes se rencontrèrent et nous nous les serrâmes chaleureusement. Je n'avais pas besoin de le regarder pour savoir à quel point il était rassuré.

Le juge frappa une nouvelle fois avec son marteau jusqu'à ce que la salle retrouvât le calme.

– Ce n'est pas une question d'innocence ou de culpabilité, expliqua le juge, mais de circonstances. Miss Mallon, les docteurs sur cette île feront de leur mieux pour que votre vie soit la plus confortable possible et essaieront de trouver un moyen de vous soigner. En attendant, il m'est impossible, en bonne conscience, de vous libérer. J'en suis désolé, mais ceci est ma décision.

Il demanda à l'huissier de ramener Mary. Cet homme efficace alla vers Mary et lui saisit le coude. On eut l'impression qu'il dut la soulever à bout de bras de la chaise. Alors qu'elle passait devant moi, elle tourna la tête et trouva mes yeux. Son regard me coupa le souffle, son anxiété, sa colère, son apparence de créature emprisonnée, la détresse rubiconde se lisant sur son visage, comme dans mon cauchemar.

Ce cauchemar-là.

L'huissier l'emmena. Par-dessus le mouvement qui m'entourait, je regardais son dos alors qu'elle traversait la pièce.

Dans mon rêve, Mary m'avait suppliée.

Une drôle de sensation m'emporta : le calme, comme si papa était à mes côtés. Mary m'avait aidée à le retrouver.

Dans mon esprit, je la remerciais. Je la remerciais d'être aussi têtue, car, sans cette obstination, je n'aurais jamais rien su de la mort de papa.

Je voulais l'aider en nature.

Tout ce que je pouvais lui faire était une promesse.

Je fermai les yeux et formulai ce vœu silencieux : *Mary Mallon, si j'entre à l'école de médecine, je ferai de la recherche. Je ferai de mon mieux pour découvrir pourquoi vous portez la typhoïde, tout en restant saine.*

Alors que j'écris ces lignes, j'étends ma promesse : pour papa, pour Benny, pour toutes ces filles et ces enfants que j'ai vus mourir en couche, j'étudierai le corps : comment il fonctionne, ce qui nous rend malades, comment prévenir ces morts qui arrivent trop tôt.

Je trouverai des réponses à ces questions qui m'ont hantée pendant des années.

# Note de l'autrice

Pendant mon enfance, Mary Typhoïde était une légende urbaine, elle avait sciemment tué des centaines de gens ; c'était une meurtrière sanguinaire qui transmettait la maladie à ceux qu'elle détestait ; c'était une méchante de bande dessinée. Son surnom faisait partie de notre vocabulaire, un terme employé pour décrire ceux qui portent une maladie dangereuse et la transmettent, car ils refusent de se protéger correctement. C'était un symbole et non une personne.

En vérité, je ne connaissais pas son histoire.

Quand j'ai rencontré Mary Mallon lors de mes recherches, sa vie m'a surprise. Cette pauvre immigrante irlandaise essayait de se faire une place dans les familles riches de New York. Elle voulait une vie meilleure et ne comprenait pas pourquoi on la persécutait. J'ai vu à quel point les morts qu'elle avait causées étaient dues à l'ignorance, et non à une envie animale de tuer. C'était une femme de son temps, à l'époque où la « saignée » ou l'ouverture des artères pour laisser s'écouler le mauvais sang étaient encore des pratiques régulières chez les médecins, et où l'idée des bactéries, qu'elles soient bonnes ou non, n'était pas encore commune. J'avais l'impression de devoir raconter la vraie histoire de Mary, afin de restaurer son honneur, d'une certaine façon.

Pour moi, la vie de Mary est l'histoire spéciale d'une immigrante, et je voulais trouver une protagoniste empathique qui pourrait la comprendre. C'est ma grand-mère qui m'a permis de comprendre le voyage d'un immigrant (et de ses enfants) d'« étranger » à « Américain ». J'ai une photo de ma grand-mère, petite et avachie devant une attraction de Coney Island avec une pointe de rébellion dans les yeux, portant un rouge à lèvres sombre et une robe lâche, elle a dû être prise vers 1920. Je savais qu'elle s'était battue contre les pratiques religieuses orthodoxes d'Europe de l'Est héritées de son père (une image de lui, un rabbin à la longue barbe, était accrochée dans son salon, mais elle n'a jamais parlé de lui). En tant que juive américaine de deuxième génération, l'attitude de ma grand-mère était en contraste avec les stéréotypes des familles immigrantes, dont je lisais souvent des descriptions, qui transmettaient les habitudes de leurs terres natales et ne changeaient jamais. Ma grand-mère n'avait rien à voir avec ce stéréotype. Par exemple, elle nous recevait pour la *Pessa'h* chaque année, mais elle n'a jamais allumé une bougie de shabbat, n'a jamais prononcé une prière et se rendait rarement au temple. Quand je l'ai connue, c'était une vieille New-Yorkaise endurcie, une Américaine pure et dure.

Dans *You Must Remember This: An Oral History of Manhattan from the 1890s to World War II*[*] et d'autres livres encore, je lisais l'histoire de ces immigrants qui voulaient farouchement devenir Américains, avant toute chose. Ils faisaient tout ce qui était en leur pouvoir pour atteindre ce rêve. Ils racontaient comme ils avaient rapidement changé

---

* NdT : *Surtout, n'oubliez pas : une histoire orale de Manhattan des années 1890 à la Seconde Guerre mondiale.*

leurs habitudes étrangères en apprenant l'anglais, en s'habillant de vêtements industriels et en se rendant dans des lieux de loisirs populaires à l'époque. Beaucoup d'entre eux sont restés proches de leurs racines et de leurs religions, mais ils ont fait en sorte que leur passé ait moins d'emprise sur eux. Ce qui a le moins changé dans leur comportement était leur cuisine (ce qui explique les somptueux plats de *Pessa'h* que préparait ma grand-mère !).

Ma grand-mère paternelle m'a, elle aussi, influencée. Une femme indépendante, qui a élevé mon père seule tout en travaillant à temps plein comme infirmière. En plus, elle a été la première infirmière à utiliser la machine à rayons X. Je me souviendrai toujours de son chapeau, de sa robe et de ses chaussures blancs, qui la définissaient.

Écrire une fiction de la réalité n'est pas une mince affaire. En faisant le lien entre des documents auxquels on peut se fier ou non, un écrivain doit tirer sa propre interprétation de l'histoire. Les articles de journaux de Jacob Riis, ses livres et ses photographies m'ont aidée à voir comment les personnes vivaient réellement dans les bâtiments. Malgré ses exagérations, la presse jaune de l'époque me donnait une idée de la réaction du public face à Mary. Les articles de Mr. Soper lui-même, publiés dans des journaux médicaux à l'époque, m'ont décrit le chemin qu'il a emprunté pour l'atteindre. Le livre de Judith Walzer Leavitt, *Typhoid Mary**, expliquait pourquoi Mary refusait d'accepter qu'elle fût une porteuse saine de la fièvre typhoïde.

---

* NdT : titre complet : *Typhoid Mary: Captive to the Public's Health.*

J'ai dû trouver des astuces et accepter le fait que les vrais personnages de l'histoire allaient devoir donner la réplique à ceux de fiction. Mr. Soper, la Dr Baker, Mr. Briggs (ou Biggs), Mr. Thompson et, bien évidemment, Mary Mallon ont tous existé, même si leurs rôles ont été altérés pour les besoins de l'histoire. La façon dont Mr. Soper a découvert Mary, grâce à ses investigations dans les maisons, à ses questions auprès des familles et finalement à la glace aux pêches, est tirée de l'histoire. Les menaces physiques de Mary à l'encontre de Mr. Soper étaient bien réelles (même si je pense que ses attaques verbales devaient être bien pires !). La chronologie a été pour moi le plus compliqué à retracer. J'ai dû raccourcir l'action. Ce qui prend des jours ou des semaines dans mon livre a en fait duré des mois ou des années. Il aura fallu plus de temps à Mr. Soper pour trouver Mary. Et elle n'a pas fait appel à la justice avant 1909, soit bien des années après sa capture.

J'ai terminé mon histoire au moment où Mary retourne en quarantaine, laissant le lecteur se demander ce qu'il lui est arrivé. Une année après son audition, en 1910, un nouveau juge, anxieux de susciter l'approbation du corps électoral, a relâché Mary de l'île North Brother. Elle est retournée à Manhattan, promettant de trouver un autre métier et de ne plus cuisiner pour le public. À peine cinq ans plus tard, en 1915, une épidémie de typhoïde s'est déclarée à l'hôpital maternel Sloane. Une cuisinière répondant au nom de Mrs. Brown a été découverte en cuisine. Cette cuisinière avait transmis la bactérie de la typhoïde à vingt-sept victimes, dont deux étaient décédées. Après une enquête plus poussée, il s'avéra que Mrs. Brown n'était nulle autre que Mary Mallon. Elle n'a tout simplement jamais compris comment, en jouissant d'une santé de fer, elle pouvait être responsable de la transmission de la fièvre typhoïde. Ou peut-être que, sans l'aide du département de la Santé, elle était incapable de trouver du travail.

Après sa seconde capture, Mary Mallon a été envoyée de nouveau à North Brother, où elle a passé le reste de sa vie, soit près de vingt-cinq ans, dans un petit chalet avec son chien. Les médecins ne lui ont jamais retiré la vésicule biliaire. En son temps, ils n'ont jamais trouvé de moyen de traiter un porteur sain de la fièvre typhoïde.

## Biographie de l'autrice

*Julie Chibbaro* a longtemps voulu être actrice, et a d'ailleurs étudié les arts de la scène à la Fame school de New York. Peu avant ses 30 ans, elle se décide à créer ses propres personnages de fiction, plutôt que de les jouer sur scène ou à l'écran. Elle écrit des récits historiques et cherche à leur donner le cadre le plus réaliste possible, en enquêtant dans les musées ou journaux d'époque.

## Biographie de l'illustrateur

*Jean-Marc Superville Sovak* est un artiste pluridisciplinaire et travaille également comme animateur et guide au musée Aldrich Contemporary Art.

## Biographie de la traductrice

*Hermine Hémon* a suivi des études anglicistes à l'université de Bretagne occidentale puis un master dans les métiers de la littérature de jeunesse à Lille. Elle se consacre à la traduction dans les domaines de l'imaginaire et de la jeunesse. Parmi ses dernières sorties, on trouve la biographie référence de Lovecraft *Je suis Providence* de S.T. Joshi (ActuSF, 2019) ou encore *Binti* (ActuSF, 2020).

Achevé d'imprimer en janvier 2021